NOTICE

SUR LES

EXPLORATIONS BOTANIQUES

FAITES EN LORRAINE DE 1857 A 1875

ET DE LEURS RÉSULTATS

PAR

D.-A. GODRON

Dr en médecine et Dr ès sciences
Ancien Directeur de l'école de médecine de Nancy, ancien Recteur à Montpellier
et à Besançon
Doyen honoraire de la Faculté des sciences de Nancy
Officier de la Légion d'honneur, Membre de l'Académie de Stanislas
Directeur du Jardin des plantes

NANCY
IMPRIMERIE BERGER-LEVRAULT ET Cie
11, RUE JEAN-LAMOUR, 11

1875

NOTICE

SUR LES

EXPLORATIONS BOTANIQUES

(Extrait des *Mémoires de l'Académie de Stanislas* de 1874.)

NOTICE

SUR LES

EXPLORATIONS BOTANIQUES

FAITES EN LORRAINE DE 1857 A 1875

ET DE LEURS RÉSULTATS

PAR

D.-A. GODRON

Dr en médecine et Dr ès sciences
Ancien Directeur de l'école de médecine de Nancy, ancien Recteur à Montpellier
et à Besançon.
Doyen honoraire de la Faculté des sciences de Nancy
Officier de la Légion d'honneur, Membre de l'Académie de Stanislas
Directeur du Jardin des plantes

NANCY
IMPRIMERIE BERGER-LEVRAULT ET Cie
11, RUE JEAN-LAMOUR, 11

1875

NOTICE

SUR LES

EXPLORATIONS BOTANIQUES

FAITES EN LORRAINE DE 1857 A 1875

ET DE LEURS RÉSULTATS

Je n'ose espérer que mon âge, l'état de ma santé, les fatigues occasionnées par trente-huit années d'enseignement et par mes nombreux travaux, me permettent d'entreprendre et de mener à bien l'œuvre considérable qu'exigerait la publication d'une troisième édition de ma *Flore de Lorraine.* Mais j'ai voulu profiter du repos que me laisse ma retraite pour consigner dans cet écrit le résultat des recherches faites, depuis dix-huit années, dans la circonscription géographique qu'elle embrasse et qui, sans cela, pourraient être perdues pour la science.

Des localités importantes, qui n'avaient été l'objet d'aucune étude ou sur lesquelles nous n'avions que des documents très-incomplets, ont été explorées par des botanistes instruits et zélés qui ont bien voulu me tenir au courant de leurs découvertes. J'ai pu, en outre, étudier à loisir un herbier assez considérable formé de plantes des environs de Bar-le-Duc et recueillies, il y a plus de trente années, par Humbert, directeur des contributions dans cette ville, et dont quelques-unes seulement ont été indiquées dans la *Flore de la Meuse*, de Doisy, publiée en 1835. Depuis, M. Henri Hussenot, avocat, m'a donné un certain nombre de plantes recueillies dans la même région, et qui font aujourd'hui partie des riches collections botaniques que j'ai réunies au Musée d'histoire naturelle de Nancy. Les environs de Commercy, explorés autrefois d'une manière fort imparfaite par Maujean, l'ont été, pendant ces dernières années, par MM. Warion, médecin militaire, et Briard, docteur en droit. M. Pierrot, de Montmédy, nous a fourni de précieux matériaux sur le nord du département de la Meuse. Toutes ces recherches sont venues compléter, pour ce département, les nombreux renseignements consignés dans mes deux éditions de la *Flore de Lorraine*, mais qui se bornaient à la végétation des environs de Verdun, de Saint-Mihiel et de Sampigny.

Dans le département de la Moselle, le docteur Monard et le commandant Taillefert, auxquels la

Flore du pays Messin devait déjà d'importants documents, ont continué, malgré leur grand âge, leurs recherches antérieures. M. le docteur Warion a poussé des reconnaissances très-fructueuses sur différents points éloignés du même département et m'a communiqué, avec beaucoup de bienveillance, de bonnes et nombreuses observations. M. l'abbé Barbiche, avec un zèle infatigable, a exploré les environs de Thionville, les vallées de l'Orne, de Ranguevaux, de la Fenche, de la Kissel, de la Bisten, et a consigné le résultat de ses recherches dans sa *Florule de l'arrondissement de Thionville.* M. l'abbé Friren a surtout étudié la végétation des environs de Sierck, jusqu'à lui si peu connue et si intéressante par la réunion de plusieurs îlots de quartzite prenant jour à travers le grès bigarré, à proximité des marnes irisées, çà et là salifères, et du muschelkalk, formations si différentes les unes des autres par leurs propriétés chimiques et physiques et qui, dans une circonscription restreinte, y donnent le spectacle de quatre flores distinctes par le caractère de leur végétation. Les docteurs Herpin et Calmeil, le colonel Paris, nous ont fourni aussi des indications intéressantes sur les environs de Metz.

Dans le département des Vosges, M. l'abbé Boulay a étudié la végétation du val de Saint-Dié dans ses rapports avec les terrains d'alluvion, du grès rouge, du grès vosgien, enfin avec ceux des îlots de dolomie qui se font jour à travers cette dernière formation. Il nous a signalé, dans une région jusqu'ici peu explorée, les stations d'un grand nombre d'espèces végétales [1]. Nous devons à MM. Mathieu et Fliche, professeurs à l'École forestière, la connaissance de plusieurs espèces importantes des environs de Gérardmer, et à M. Parisot, du ballon de Giromagny. Nous devons aussi à MM. Gauvain, Demange, Treuvey, Tocquaine, X. Thiriat, Perrin, des indications sur la végétation de la vallée de la haute Moselle et des vallées tributaires. M. Reuss, docteur ès sciences, nous a fait connaître un certain nombre de plantes qui croissent aux environs de Mirecourt et de Neufchâteau. Enfin, MM. les docteurs Berher et A. Mougeot, M. Chappellier, membres de la Société d'émulation des Vosges, ont fait aussi de nouvelles découvertes aux environs d'Épinal.

Dans le département de la Meurthe, MM. Mathieu, Fliche, Briard, Zeiller, ingénieur des mines, le docteur Humbert, Charles Maire et son frère, Jules Maire, tous deux instituteurs, l'un à Rosières-en-Haye et l'autre à Trondes, nous ont fourni, en nous confiant leurs herbiers, d'utiles renseignements sur plusieurs points de nos coteaux jurassiques. Idoux, professeur si regretté du collége de Lunéville, nous a donné de bonnes indications sur

[1] Boulay, *Notice sur la géographie botanique des environs de Saint-Dié.* Besançon, in-8°, 1866.

la flore de Lunéville, et M. Zeiller, garde général des forêts, sur les environs de Baccarat.

Toutes ces recherches ont enrichi la Flore de Lorraine d'espèces fort intéressantes et dont quelques-unes constituent des découvertes tout à fait inattendues ; par exemple : *Subularia aquatica L.*, *Salix nigricans Sm.*, *Pinus uncinata Ram.*, *Ornithogalum nutans L.*, *Carex alba Scop.*, *Isoetes echinosperma Durieu*, etc.

Le grand nombre de localités nouvelles d'espèces déjà connues sur d'autres points de notre ancienne province, s'ajoutant à toutes celles qui ont été signalées dans les deux éditions de notre *Flore de Lorraine*, sont importantes pour arriver à la démonstration, non pas seulement de l'influence mécanique, mais de l'influence chimique du sol sur la nature de la végétation. Elles complètent nos travaux antérieurs sur la *géographie botanique de la Lorraine* (1), du moins en ce qui concerne les plantes phanérogames. M. l'abbé Boulay, en étudiant sous le même rapport les Mousses, les Sphaignes et les Hépatiques de l'est de la France, est arrivé, sur cette question importante, aux mêmes conclusions que moi et les cite même textuellement telles que je les ai formulées (2).

(1) Godron, *Essai sur la géographie botanique de la Lorraine*. Nancy, in-12, 1862.

(2) Boulay, *Flore cryptogamique de l'Est*. Paris, 1872; in-8°, p. 117, 708 et 745.

Parmi les causes naturelles qui opèrent le transport des graines des végétaux et les propagent à des distances plus ou moins grandes, les cours d'eau ont dû être, dans les temps anciens, comme nous le constatons à l'époque actuelle, un des agents les plus actifs de ce phénomène.

Je me demande, dès lors, si les espèces qui, à raison de leur abondance et de la vigueur avec laquelle elles croissent, ont leur centre de végétation à diverses altitudes dans les montagnes des Vosges et qu'on retrouve plus bas dans les vallées dont cette chaîne est sillonnée, mais avec cette circonstance qu'elles s'y montrent d'autant moins communes qu'elles s'éloignent davantage de leur point d'origine, n'ont pas subi ce mode de transport. Je crois pouvoir me prononcer pour l'affirmative. Telles sont les *Ranunculus aconitifolius L.* et *platanifolius L.*, *Nuphar pumilum Sm.*, *Thlaspi alpestre L.*, *Silene rupestris L.*, *Sedum annuum L.* et *villosum L.*, *Angelica pyrenæa Spreng.*, *Petasites albus Gærtn.*, *Crepis paludosa Mœnch.*, *Veronica saxatilis Jacq.*, etc.

Les plantes de nos coteaux jurassiques descendent aussi fréquemment sur leurs flancs et même jusque sur les rives de la Meurthe, de la Moselle, de l'Orne, de la Meuse, lorsque les graviers calcaires, connus en Lorraine sous le nom de *grouine*, sont répandus jusqu'au fond de ces vallées. Nous l'avons constaté pour les espèces suivantes : *Thalic-*

trum majus Jacq., Erysimum cheiriflorum Wallr., Sisymbrium supinum L., Spiræa filipendula L., Lactuca perennis L., Euphorbia verrucosa Lam., etc.

Mais un fait qui est de nature à étonner le botaniste, c'est qu'on trouve, de loin en loin, sur le flanc des coteaux jurassiques qui encaissent les vallées de la Meurthe et de la Moselle et dans les vallons qui s'ouvrent sur ces rivières, des plantes communes sur toutes les montagnes des Vosges. L'isolement et le petit nombre des localités où on les rencontre sur nos collines calcaires, semblent indiquer qu'elles sont là pour ainsi dire dépaysées. Ces considérations me conduisent à penser qu'elles sont originaires de la chaîne des Vosges, d'où leurs graines ont été transportées, à la fin de la période quaternaire, par les immenses inondations qui ont creusé et rempli nos vallées, ce qui explique leurs stations élevées quelquefois de 100 et même de 150 mètres au-dessus du niveau actuel de nos rivières. Telles sont les espèces suivantes : *Ranunculus platanifolius L., Aconitum lycoctonum L., Lunaria rediviva L., Stellaria nemorum L., Seseli Libanotis Koch, Sambucus racemosa L., Centaurea montana L., Thesium alpinum L., Festuca sylvatica Vill.*, etc. Je dois faire observer toutefois que ces plantes, rares et disséminées par groupes sur un sol calcaire, y sont complétement naturalisées, bien que provenant toutes des formations siliceuses des Vosges. Mais elles existent abondamment dans la chaîne calcaire du Jura ; elles sont, par conséquent, indifférentes à la nature chimique du sol.

Il en est d'autres exclusives aux terrains siliceux et qui, originaires, comme les précédentes, des vallées de nos montagnes vosgiennes, se retrouvent dans la plaine de Lorraine, toujours sur le diluvium siliceux d'origine vosgienne, qui en recouvre çà et là d'assez grandes étendues, notamment de Nancy jusqu'au delà de Lunéville, dans le val de Saint-Dié, dans la vallée de l'Ingressin, dans cette partie de la vallée de la Moselle qui s'élargit entre Metz et Thionville, etc. C'est aussi aux eaux diluviennes qui ont transporté ces sables et ces cailloux qu'il faut attribuer, ce nous semble, le dépôt de leurs graines dans ces stations, où elles ont ainsi émigré. Elles s'y sont perpétuées d'autant plus facilement qu'elles ont retrouvé là le sol indispensable à leur propagation. Nous pouvons signaler les suivantes : *Malva moschata L., Sarothamnus scoparius Wimm., Epilobium palustre L.* et *virgatum Fries, Corrigiola littoralis L., Scleranthus perennis L., Sedum elegans Lej., Arnica montana L.* (1), *Antennaria dioïca Gærtn., Centaurea nigra L., Crepis paludosa Mœnch., Calluna vulgaris Salisb., Ga-*

(1) Cette plante se rencontre jusqu'à Épinal (*Dr Berher*), mais sur le versant oriental des Vosges, elle descend beaucoup plus bas, notamment dans les bois situés entre la Lauter et la Moder ; Billot l'a même trouvée autrefois dans la forêt de Haguenau.

leopsis dubia Leers, Betula pubescens Ehrh., etc. Une partie de ces espèces se retrouvent aussi sur les rives et dans les îles de la Moselle ([1]) dans son trajet à travers nos coteaux jurassiques.

L'ouverture du canal de la Marne au Rhin n'a pas été sans influence sur l'immigration de végétaux dans des régions où ils n'existaient pas auparavant. C'est ainsi que l'on trouve aujourd'hui sur ses bords, de Nancy à Jarville, le *Cicuta virosa L.*, et le *Carex pseudocyperus L.*, de Varangéville à Liverdun. M. Briard a trouvé aussi l'*Alyssum incanum L.* près du pont du canal, à Ars-sur-Moselle, et sur le chemin d'Ars à Ancy; cette plante doit avoir été importée d'Alsace. Deux mollusques aquatiques, le *Dreysena polymorpha Van-Ben.*, et le *Paludina vivipara Lam.*, étrangers à notre ancienne province, y vivent aujourd'hui dans les eaux de cette voie de communication.

Les chemins de fer n'ont pas été non plus complétement sans action sur la migration des espèces végétales; mais jusqu'ici elle semble assez bornée. Toutefois, en 1871, le *Lepidium perfoliatum L.*, plante de l'Europe méridionale, a été trouvé à Nancy sur la voie, par Mlle Chatelain, mais ne s'y est pas maintenu. Le *Diplotaxis muralis DC.*, rare en Lorraine, s'y rencontre fréquemment depuis

([1]) On trouve aussi, sur les rives et dans les îles du Rhin et du Rhône, un nombre plus considérable d'espèces originaires des Alpes.

Nancy jusqu'à Toul. Le *Lepidium ruderale L.* s'étend de Saint-Nicolas-de-Port à Frouard et infeste à Nancy les abords de cette voie. Le *Salvia verticillata L.*, plante complétement étrangère à notre pays, a été observé aux deux points les plus éloignés de notre réseau ferré, à Remiremont et à Montmédy. Le *Cota tinctoria Gay*, indigène sur nos coteaux jurassiques, s'est répandu, dans la vallée de l'Orne, sur les talus du chemin de fer, depuis Amnéville jusqu'à Mondelange.

Nous avons conservé, dans ce travail, la circonscription de notre ancienne province, comme nous l'avons fait dans les deux éditions de notre *Flore de Lorraine*. Elle constitue, en effet, comme nous l'avons démontré depuis longtemps, une région naturelle aux points de vue de la géographie physique, de la géologie et de la botanique. Il nous serait dès lors impossible de disjoindre ce qui est naturellement uni sous ces différents rapports, et d'avoir égard à la frontière contre nature qui nous sépare aujourd'hui de l'Allemagne.

PLANTES PHANÉROGAMES

CLASSE I. — DIALYPÉTALES

ORDRE I. — DIALYPÉTALES HYPOGYNES

Renonculacées.

Clematis Vitalba L. — Meurthe : coteaux de Varangéville, de Clayeures et d'Einvaux, piton d'Essey-la-Côte, au-dessous du sommet, sur les marnes irisées. Vosges : Saint-Dié, exclusivement sur la dolomie enclavée dans le grès vosgien (ABBÉ BOULAY).

Thalictrum minus L. — Meurthe : bois de Jaillon (Dr HUMBERT). Moselle : bois de Gorze (Dr HUMBERT). Sur le calcaire oolithique. Apach près de Sierck, sur le muschelkalk (ABBÉ FRIREN). Meuse : Commercy, dans les bois du calcaire corallien.

Thalictrum sylvaticum Koch. — Meurthe : Rosières-en-Haye (MAIRE, instituteur). Moselle : Châtel, Lessy, Ars-sur-Moselle (Dr HUMBERT), Vaux (BRIARD), Waville, Onville, Rambercourt (TAILLEFERT). Sur le calcaire oolithique. — Cette plante, par ses stolons souterrains grêles, forme de véritables gazons qui s'étendent dans un espace d'un ou deux mètres carrés. On est tous les ans dans l'obligation de la restreindre au Jardin botanique de Nancy.

Thalictrum flavum L. — Meurthe : Château-Salins (Leré). Moselle : bords de la Moselle à Sierck.

Anemone sylvestris L. — Meuse : Saint-Mihiel à Marbotte (Warion), sur le calcaire corallien.

Anemone Hepatica L. — Meurthe : bois de Bouxières-aux-Dames. Moselle : Montois-la-Montagne. Meuse : bois de Commercy, mais manque dans le nord-ouest de ce département (Fliche). Sur le calcaire oolithique. Vosges : bois de Saulxures (Pierrat), sur le granit, station exceptionnelle.

Adonis æstivalis L. — Meurthe : Fontenoy-sur-Moselle, Ménillot près de Foug. Moselle : Peltre, Bévoie et Magny (abbé Barbiche), Hagondange, Montoy-la-Montagne, Remilly, Saint-Avold et Sarralbe (Warion). Meuse : Bar-le-Duc à Véel et à Fains (Humbert). Plante adventive, mais naturalisée dans les moissons de tous les terrains.

Adonis flammea Jacq. — Meurthe : Ménillot près de Foug (Zeiller). Moselle : Metz à Luppy, Hagondange et Amnéville (abbé Barbiche). Plante adventive comme la précédente.

Myosurus minimus L. — Meurthe : Rosières-aux-Salines (Briard). Moselle : Metz à Woippy (Monnard), Thionville à Illange, Terville et Daspich (abbé Barbiche), Sarralbe (Warion). Meuse :

Bantheville (HUMBERT). Dans les champs siliceux cultivés avant l'hiver.

Ranunculus hederaceus L. — Moselle : Sarralbe et Kæskastel (WARION), Forbach (SCHULTZ). Je n'ai jamais vu cette plante dans les eaux calcaires.

Ranunculus divaricatus Schrank. — Meuse : Bar-le-Duc (HUMBERT), Mussey (HUSSENOT).

Ranunculus aconitifolius L. — Vosges : vallée de Saint-Dié, sur le grès vosgien ; à la Bresse (GAUVAIN), à Vagney (PERRIN), vallée de la Mosellotte (X. THIRIAT), sur le granit.

Ranunculus platanifolius L. — Meurthe : bois entre Toul et Liverdun, et bois de Jaillon (HUSSON). Moselle : Metz à la vallée de Mance (WARION). Sur le calcaire oolithique.

Ranunculus lingua L. — Meuse : marais à Darmont (WARION).

Ranunculus arvensis L. var. β inermis Koch. — Carpelles à bords lisses, à faces munies de côtes disposées en réseau. — Meurthe : Nancy à Nabécor, la Malgrange, Tomblaine, Bouxières-aux-Dames, Rosières-aux-Salines. Cette plante se propage par le semis et constitue une véritable race.

Trollius europæus L. — Vosges : à la Bresse, vallée de la Moselotte (GAUVAIN), Nol (X. THIRIAT), Vagney (PERRIN).

Helleborus fœtidus L. — Meuse : Bar-le-Duc à

Varney (Hussenot), sur le calcaire portlandien. Vosges : coteau au-dessus de Domremy-la-Pucelle, sur le corallien.

Nigella arvensis L. — Meurthe : coteaux cultivés entre Einvaux et Clayeures, piton d'Essey-la-Côte, sur les marnes irisées. Moselle : Amnéville et Richemont, sur les sables du calcaire jurassique. Meuse : Bar-le-Duc à Combles, Véel, Savonnières, sur le néocomien, et Goussaincourt (Humbert), Commercy (Briard), dans les moissons sur le calcaire corallien.

Aquilegia vulgaris L. — Vosges : bois près de Saint-Dié, sur la dolomie enclavée dans le grès vosgien (abbé Boulay).

Aconitum lycoctonum L. — Moselle : bois de Moyeuvre, de Montoy-la-Montagne et de Homécourt (Warion), sur le calcaire oolithique.

Actæa spicata L. — Meurthe : Rosières-en-Haye (Maire, instituteur), Foug à la vallée d'Hadrevaux, sur le calcaire oolithique. Meuse : Bar-le-Duc au bois Juré (Humbert), à Varney (Hussenot), sur le calcaire portlandien.

Berbéridées.

Berberis vulgaris L. — Vosges : environs de Saint-Dié, sur la dolomie enclavée dans le grès vosgien (abbé Boulay).

Nymphéacées.

Nymphæa alba L. — Meurthe : canal du moulin de Rosières-aux-Salines (Zeiller). Moselle : Thionville, Richemont, dans la Moselle (ABBÉ BARBICHE), dans l'Orne en amont de Moyeuvre (GÉNY), dans la Nied à Lemud (Dr HUMBERT). Vosges : dans le Madon au-dessus d'Ambacourt (REUSS), Bains (ZEILLER).

Nuphar pumila Sm. — Vosges : au lac Noir (KIRSCHLÉGER), au lac de la Maix près d'Allarmond (ZEILLER), au lac de Fondromeix. Ne croît pas dans les eaux calcaires.

Papavéracées.

Papaver Rhœas L. — J'ai rencontré au milieu de décombres, à Maxéville, près le pont du canal, une forme de cette espèce dont le disque stigmatique est conique au lieu d'être plan.

Fumariacées.

Corydalis solida Sm. — Moselle : Sierck, sur les coteaux de Kirsch et d'Apach (ABBÉ FRIREN), Fillières (DUFOUR). Meuse : Bar-le-Duc à Beaulieu et à la forêt de Massonges (HUMBERT). Vosges : Neufchâteau à Rebeuville (CHAPELLIER), Épinal (ZEILLER), Basserupt (PERRIN). Plante indifférente à l'influence chimique du sol. — Cette espèce offre une race à fleurs pélorиées, qui se reproduit de semis.

Corydalis lutea DC. — Meuse : Bar-le-Duc (HUMBERT). Vosges : Épinal (BERHER). — N'est pas indigène, mais se propage sur les vieux murs.

Fumaria Vaillantii Lois. — Meurthe : Fontenoy-sur-Moselle, Foug. Moselle : Montoy-la-Montagne. Meuse : Pagny-sur-Meuse. Champs sur le calcaire oolithique. Vosges : Mirecourt, sur les marnes irisées (REUSS). Saint-Dié, sur la dolomie (ABBÉ BOULAY).

Fumaria densiflora DC. — Diffère du *F. officinalis* par ses sépales plus larges, par sa silicule plus globuleuse, arrondie et un peu apiculée au sommet et non tronquée-déprimée. — Meurthe : cultures, Château-Salins à la côte des Capucins (LERÉ). Moselle : remparts de Metz (Dr HUMBERT).

Fumaria parviflora Lam. — Moselle : Montoy-la-Montagne (WARION). Meuse : Bar-le-Duc (HUMBERT), Vosges : Rambervillers (BILLOT).

Crucifères.

Sinapis Cheiranthus Koch. — Moselle : Creutzwald (ABBÉ BARBICHE), sur le grès vosgien.

Diplotaxis tenuifolia DC. — Nancy, sur les talus du chemin de fer.

Diplotaxis muralis DC. — Meurthe : commun sur la côte de Bratte près de Moivrons (BRIARD). S'est introduit sur la voie du chemin de fer de Liverdun à Toul.

Diplotaxis bracteata Godr. et Gren. — Meurthe : Pixerécourt, dans les champs (BRIARD), Fontenoy-sur-Moselle, sur les escarpements du calcaire oolithique. Meuse : Pagny-sur-Meuse et Lérouville, sur le calcaire corallien.

Cheiranthus Cheiri L. — Meurthe : carrières de Malzéville, Toul sur l'église Saint-Gengoult (ZEILLER). Moselle : sur les murs du fort de Sierck (ABBÉ BARBICHE). Meuse : murs du château de Bar-le-Duc (HUMBERT).

Erysimum cheiranthoïdes L. — Meurthe : îles de la Moselle à Pont-Saint-Vincent, champs à Dieulouard, Rosières-aux-Salines, sur le diluvium vosgien.

Erysimum cheiriflorum Wallr. — Prairies de la vallée de la Meuse, depuis Pagny jusqu'à Neufchâteau, où elle descend des coteaux jusqu'au bord de la rivière, sur les sables jurassiques.

Sisymbrium supinum L. — Meurthe : commun à la côte de Bratte près de Moivrons, sur le calcaire oolithique (BRIARD). Moselle : côte de Lessy (WARION), commun dans la vallée de l'Orne, sur le flanc des coteaux du calcaire oolitique, d'où il descend jusqu'au bord de cette rivière, notamment à Beuvange, Vitry, Clouange, Rosselange, Moyeuvre et Pierrevillers (ABBÉ BARBICHE). Meuse : Bar-le-Duc à Souhesmes et à la forêt de Massonges, sur le calcaire portlandien (HUMBERT).

Sisymbrium sophia L. — Meurthe : Dieulouard (Dr HUMBERT), Sion-Vaudémont (REUSS), sur le calcaire oolithique. Moselle : Hettange-la-Grande, sur le grès infraliasique, et à Bitche, sur le grès vosgien (ABBÉ BARBICHE).

Nasturtium anceps DC. — Meurthe : commun

dans les îles de la Moselle à Messein, à Pont-Saint-Vincent et île de Scarpone. Moselle : Metz, sur les bords de cette rivière, à la Maxe, à Thionville (WARION) et à Sierck (ABBÉ FRIREN). Meuse : bords de l'Ornain à Bar-le-Duc. Vosges : bords du Madon à Mirecourt.

Arabis brassicæformis Walbr. — Meurthe : Rosières-en-Haye (MAIRE, instituteur), Foug, au fond d'Hadrevaux. Moselle : Pierrevillers, Rombas, Moyeuvre (ABBÉ BARBICHE). Bois du calcaire oolithique.

Arabis perfoliata Lam. — Vosges : Remiremont au Saint-Mont, sur le granit (X. THIRIAT).

Arabis arenosa Scop. — Meurthe : Foug, au fond d'Hadrevaux, sur le calcaire oolithique. Vosges : Neufchâteau, à la Roche-d'Enfer, sur le calcaire oolithique (REUSS), Saint-Amé et Saint-Mont, sur le granit (X. THIRIAT).

Cardamine amara L. — Moselle : bois de Richemont, de Kédange et fond de la vallée de Bousseval près de Rosselange (ABBÉ BARBICHE). Meuse : Commercy à l'étang de Vignot (BRIARD). Vosges : Mirecourt, au bois de Bazoilles (REUSS), Saint-Dié (ABBÉ BOULAY), vallée de Cleurie (X. THIRIAT).

Cardamine impatiens L. — Moselle : vallée du Conroy près de Moyeuvre (HERPIN), sur le calcaire oolithique. Meuse : Bar-le-Duc à Savonnières (HUM-

BERT), sur le calcaire portlandien. Vosges : Belmont près de Saulxures (PIERRAT), sur le granit.

Dentaria pinnata Lam. — Meurthe : au bois de Foug et à Trondes, sur le calcaire oolithique (MAIRE, instituteur). Vosges : à Wissenbach près de Saint-Dié, sur le gneiss (DEMANGE).

Lunaria rediviva L. — Vosges : Remiremont, dans la forêt de Fossard (ZEILLER), sur le grès vosgien ; à Saulxures (PERRIN) et bois de la Rubiate, entre Cleurie et Saint-Étienne (X. THIRIAT), sur le granit.

Alyssum incanum L. — Moselle : Ars-sur-Moselle, près du pont du canal (BRIARD, 1871), retrouvé par lui l'année suivante sur la route entre Ars et Ancy. Probablement importé par le canal de la Marne au Rhin.

Roripa pyrenaïca Spach. — Ne se trouve pas seulement dans les vallées orientales des Vosges, mais il franchit le col de Bussang et s'étend dans les prairies de la Haute-Moselle jusqu'à Ramonchamp ; vit sur les sables siliceux.

Neslia paniculata Desv. — Meurthe : Moncel, sur les marnes irisées (MUNIER), et Delme, sur le calcaire oolithique (WARION). Moselle : Sanry-sur-Nied et Aube, sur les marnes irisées (Dr HUMBERT), Amnéville, sur les sables calcaires, et Sierck, sur le muschelkalk (ABBÉ BARBICHE). Meuse : Bar-le-Duc à Véel, sur le calcaire portlandien (HUMBERT). Dans les moissons.

Calepina Corvini Desv. — Moselle : Colombey, près de Pange, sur les marnes irisées (Dr HUMBERT). Meuse : Bar-le-Duc (HUMBERT), sur le calcaire portlandien. Vosges : près de Remiremont (GAUVAIN), sur les sables siliceux, dans les moissons. Plante adventive.

Iberis Violleti Soy. Willm. — Meuse : Commercy, à la côte de Bussy (WARION), à la Blanche-Côte, près de Vaucouleurs (LARZILLIÈRES), sur le calcaire corallien.

Thlaspi montanum L. — Meuse : Commercy, au bois la Ville et au bois du Rébus (BRIARD), sur le calcaire corallien.

Thlaspi alpestre L. — Vosges : ballons de Servance et de Giromagny (PARISOT) ; en abondance autour du lac du ballon de Soultz (KIRSCHLEGER) ; descend sur les sables siliceux de la vallée de la Moselotte, à Chanois et à Nol (X. THIRIAT).

Lepidium ruderale L. — N'était connu à Nancy qu'au Pont-d'Essey ; il est aujourd'hui très-abondant sur les talus du chemin de fer et sur les chemins qui y aboutissent. On le retrouve aux gares de Saint-Nicolas-de-Port, de Frouard, de Thionville, de Sierck.

Lepidium Draba L. — Plante introduite, devenue assez commune sur les talus du chemin de fer à Nancy et à Lunéville. Moselle : à Gassion, près de Thionville (ABBÉ BARBICHE). — Une espèce de ce genre, le *Lepidium perfoliatum L.*, originaire de l'Europe australe, a été trouvée sur le talus du chemin de fer à Nancy, en 1871, par Mlle CHATELAIN.

Subularia aquatica L. — Fleurs très-petites, brièvement pédicellées, formant au nombre de 3 à 10 une petite grappe lâche, longuement pédonculée et naissant à l'aisselle d'une des feuilles supérieures. Sépales dressés, ovales, obtus. Pétales dépassant peu le calice, oblongs, obtus, insensiblement atténués à la base. Silicules ovales ou elliptiques, un peu moins larges dans le sens de la cloison que par le dos. Graines ovales, d'un brun clair. Feuilles d'un vert gai, alternes et rapprochées en rosette, élargies à la base, puis subulées, un peu comprimées, faiblement canaliculées en dessus. Tige extrêmement courte. Racine formée de fibres fines, blanches, allongées, nombreuses. — Plante de 2-5 centimètres, glabre, ordinairement submergée, fructifiant sous l'eau, mais n'étalant bien ses fleurs qu'en dehors de ce liquide. — Remy Willemet, dans sa *Phytographie ou Flore de l'ancienne Lorraine*, publiée en 1805, signale cette espèce comme habitant les lacs des Vosges. Mais, comme cette plante n'y avait pas été retrouvée, j'ai dû, de l'avis même de son petit-fils Soyer-Willemet, l'exclure de ma *Flore de Lorraine*. Cependant elle existe réellement dans le lac de Longemer : M. Rob. Caspary, professeur de l'université de Kœnigsberg, dans une lettre datée de Remiremont (26 août 1867), m'en a adressé des échantillons recueillis par lui dans ce lac quatre jours auparavant. Elle y est même assez abondante et je l'y ai recueillie en juillet 1870.

Rapistrum rugosum DC. — Cette plante est adventive dans nos moissons ; on en trouve de loin en loin un échantillon isolé ; mais elle ne s'est pas naturalisée.

Cistinées.

Helianthemum Fumana Mill. — Meurthe : plateau de Bouxières-aux-Dames, sur le calcaire oolithique (Briard).

Helianthemum vulgare Gærtn. var. α *tomentosum Koch.* — Environs de Saint-Dié, sur la dolomie (abbé Boulay). La variété β *glabrum* se trouve principalement, mais non pas exclusivement, sur les terrains siliceux.

Violariées.

Viola alba Bess. — Meurthe : commune au bois de Bouxières-aux-Dames et à celui de Lay-Saint-Christophe. Moselle : Metz, aux bois de Saulny et Lorry (Warion), au fond de la vallée de Montvaux, Vitry, Clouange, Rosselange (abbé Barbiche). Toujours sur le calcaire oolithique.

Viola hirto-alba Godr. — Moselle : Metz, à la vallée de Montvaux et au bois de Saulny (Warion), sur le calcaire oolithique.

Viola odorata L. — Meurthe : Nancy, aux bois

de Malzéville et de Maxéville, sur le calcaire oolithique.

Viola canina L. — Moselle: au bois de Saint-Avold (Dr Humbert), sur le grès vosgien.

Viola mirabilis L. — Moselle : Metz, aux Genivaux et dans les bois de Vitry, Clouange et fond de Bousseval (abbé Barbiche). Meuse : bois des environs de Commercy (Briard). Toujours sur le calcaire oolithique ou corallien.

Viola palustris L. — Moselle : Creutzwald et toute la vallée de la Bisten, sur le grès bigarré. Vosges : près de Saint-Dié (abbé Boulay), sur le grès vosgien ; vallée de Cleurie (X. Thiriat), sur le granit. Dans les marais tourbeux.

Droséracées.

Drosera rotundifolia L. — Moselle : tourbière du bois de Richemont (abbé Barbiche), sur l'alluvion siliceuse.

Drosera intermedia Hayn. — Moselle : tourbière entre l'Hôpital et Saint-Avold (Dr Humbert), sur l'alluvion siliceuse.

Parnassia palustris L. — Meurthe : vallée de l'Ingressin près de Toul (Husson). Moselle : Salzbronn (Warion).

Pyrolacées.

Pyrola rotundifolia L. — Meuse: Bar-le-Duc, au bois Juré et à ceux de Massonges, de Fains, de

Varney (HUMBERT), de Chardogne (HUSSENOT), sur le calcaire portlandien. Vosges : au ballon de Saint-Maurice (PARISOT) et au ballon de Soultz (FIDELIS), sur le granit et le terrain de transition.

Pyrola minor L. — Moselle : bois de Florange, sur l'alluvion siliceuse (ABBÉ BARBICHE). Vosges : bois près de Saint-Dié (ABBÉ JACQUEL), sur le diluvium vosgien ; Rambervillers (ABBÉ BOULAY), sur le grès du keuper.

Pyrola secunda L. — Vosges : Retournemer (CUNY), sur le granit ; près de Saint-Dié à la montagne d'Ormont, au canton de la Pointe-du-Paradis, où il est commun (FLICHE), sur le grès vosgien ; Rambervillers (ABBÉ BOULAY, avec le précédent), sur le grès du keuper.

Monotropées.

Monotropa Hypopitis L. var. α glabra Roth. — Moselle : forêt de Moyeuvre (ABBÉ BARBICHE), sur le calcaire oolithique. Vosges : Saint-Dié, sous les pins, sur l'alluvion du grès vosgien (ABBÉ BOULAY); au Tholy, sur le granit (X. THIRIAT). — *Var. β hirsuta Roth.* — Moselle : environs de Gorze (CALMEIL), bois de Clouange (MONNARD), sur le calcaire oolithique.

Polygalées.

Polygala comosa Schk. — Moselle : Metz, aux bois de Jussy, Lessy, Châtel, Plappeville (WARION), de Clouange, de Rosselange (ABBÉ BARBICHE), sur le calcaire oolithique ; Bitche, dans les prairies à sol argileux et calcaire (SCHULTZ). Meuse : bois de Domremy-la-Pucelle, sur le calcaire corallien.

Polygala oxyptera Rchb. — Grappe un peu dense au moment de l'anthèse des premières fleurs, plus lâche ensuite, mais toujours beaucoup plus courte que la tige qu'elle termine ; bractéoles non saillantes au-dessus du sommet de la grappe. Fleurs petites. Calice à 5 sépales, dont 3 petits, lancéolés, verts à la base, bleuâtres au sommet, dont 2 grands (*ailes*), plus étroits que la capsule, elliptiques, cunéiformes à la base, aigus ou brièvement mucronés au sommet, bien nerviés, d'un blanc verdâtre, ou roses, plus rarement bleus, quelquefois ciliolés. Corolle blanche, rose ou bleue. Capsule en cœur, étroitement ailée. Feuilles inférieures petites, rapprochées, obovées ; les autres linéaires acuminées. Tiges nombreuses, quelquefois rameuses à la base, glabres ou finement pubescentes, étalées en cercle sur la terre et un peu ascendantes. — Meurthe : Sarrebourg, (DE BAUDOT), sur le grès bigarré. Moselle : Bitche (SCHULTZ), sur le grès bigarré. Vosges : Épinal (BERHER), sur l'alluvion siliceuse.

Polygala calcarea Schultz. — Meuse : coteaux de Bar-le-Duc (HUSSENOT), sur le calcaire portlandien. Vosges : Domremy-la-Pucelle, sur le calcaire corallien.

Polygala austriaca Crantz. — Meuse : Bar-le-Duc, à Fains, Varney, sur le calcaire portlandien ; Moulainville et Brébeville (HUMBERT), sur l'oxfordien.

Silénées.

Dianthus barbatus L. — Doit être rayé de la flore de Lorraine. On n'a rencontré à Neufchâteau qu'un seul pied, probablement échappé de jardin.

Dianthus superbus L. — Vosges : Mirecourt, au bois de Ravenelle (REUSS), Épinal (ABBÉ BOULAY), sur l'alluvion siliceuse ; se trouve jusque dans les escarpements du Hohneck, sur le granit.

Dianthus deltoïdes L. — Moselle : entre Creutzwald et Carling (ABBÉ BARBICHE), sur le grès vosgien. Vosges : Saint-Maurice (MOUGEOT père) et Bémont dans la vallée de Cleurie (X. THIRIAT), sur le granit ; Bussang (ABBÉ JACQUEL), sur le terrain de transition.

Silene conica L. — Moselle : Metz, à Montigny (WARION), sur le diluvium siliceux, Hettange-la-Grande (ABBÉ BARBICHE), sur le grès infraliasique.

Silene gallica L. — Vosges : Saint-Dié (LECONTE), Fontenoy-le-Château (ABBÉ BOULAY), sur le grès bigarré.

Silene rupestris L. — Vosges : Plombières (Dr VINCENT), sur le grès vosgien ; commun dans la vallée de Cleurie (X. THIRIAT), bords du lac de Fondromeix, sur le granit ; col de Bussang, sur les terrains de transition.

Silene noctiflora L. — Meurthe : Sion-Vaudémont (REUSS). Moselle : Metz, à Lorry, Vigneulles, Rézonville (Dr HUMBERT), Beuvange-sous-Justemont (ABBÉ BARBICHE). Meuse : environs de Bar-le-Duc, Gaussaincourt (HUMBERT). Vosges : Neufchâteau (ABBÉ BOULAY). Champs sur le calcaire oolithique corallien et portlandien.

Alsinées.

Sagina ciliata Fries. — Moselle : Thionville et Weymerange (ABBÉ BARBICHE). Meuse : Doncourt-aux-Templiers (WARION). Vosges : Mirecourt (REUSS). Sur le diluvium siliceux et l'oxfordien.

Sagina nodosa Fenzl. — Moselle : Creutzwald (ABBÉ BARBICHE), sur le grès vosgien.

Spergula pentandra L. — Moselle : Bitche (ABBÉ BARBICHE).

Spergula segetalis Vill. — Moselle : Weymerange (WARION), sur le diluvium vosgien. Meuse : Doncourt-les-Templiers (WARION), sur l'oxfordien.

Spergula marina Bartl. — Meurthe : saline de Phlin près de Saint-Nicolas. Moselle : prairies salées à Remilly, Arraincourt et Basse-Kontz, près de Sierck (WARION); à Aubécourt (Dr HUMBERT). Sur les marnes irisées salifères.

Arenaria leptoclados Guss. — Moselle : Metz, au Sablon (WARION). Vosges : Épinal et Vagnier (BERHER). Sur l'alluvion siliceuse.

Stellaria glauca With. — Meuse : au bord de l'étang de Billy-sous-Mangiennes (HUMBERT), sur l'oxfordien. Vosges : Saint-Dié (ABBÉ BOULAY), sur l'alluvion siliceuse.

Stellaria nemorum L. — Vosges : vallée de Cleurie, sur l'alluvion siliceuse (X. THIRIAT).

Cerastium quaternellum Fenzl. — Moselle : Illange près de Thionville (ABBÉ BARBICHE). Meuse : Braquis près d'Étain, et à Mangiennes (HUMBERT). Vosges : Saint-Dié (ABBÉ BOULAY), Mirecourt, au bois de Ravenelle (REUSS). Sur les sables siliceux.

Cerastium brachypetalum Desp. — Moselle : glacis de la ville de Metz (MONNARD) et de Thionville (WARION), Hettange-la-Grande (ABBÉ BARBICHE). Meuse : Bar-le-Duc, à la forêt de Massonges (HUMBERT). Sur tous les terrains.

Cerastium semidecandrum L. — Meurthe : Baccarat (ZEILLER). Moselle : Metz, à Moulins et à Vaux (Dr HUMBERT), Hettange-la-Grande (ABBÉ BARBICHE). Sur des terrains variés, ordinairement sablonneux.

Cerastium alsinoïdes Lois. β pallens Godr. — Meurthe : Baccarat (ZEILLER), dans les sables siliceux de la Meurthe.

Cerastium vulgatum Wahlenb., β glandulosum Koch. — Meuse : Rupt-sur-Ottain (HUMBERT).

Linées.

Radiola linoïdes Gmel. — Moselle : Sarralbe et Siltzheim (WARION), Creutzwald (ABBÉ BARBICHE), sur les grès vosgien et bigarré.

Linum Leonii Schultz. — Meurthe : Pagny-sur-Moselle. Moselle : côtes d'Ars et d'Ancy, ferme de Saint-Louis (Taillefert), sur le calcaire oolithique ; Altenberg et côte de Rustroff, près de Sierck (Warion), sur le muschelkalk.

Linum austriacum L. — Moselle : Sierck, sur le versant occidental de la côte de Kirsch (abbé Friren) et près de Bitche, sur les ruines du château de Waldeck (abbé Barbiche).

Malvacées.

Malva Alcea L. β multidentata Koch. — Meurthe : Rosières-en-Haye (Maire, instituteur). Meuse : Bar-le-Duc, à la forêt de Massonges (Humbert), sur le calcaire portlandien.

Malva moschata L. — Moselle : Sierck, sur le quarzite (Holandre).

Althæa hirsuta L. — Meurthe : vignes de Pont-Saint-Vincent. Moselle : Metz, à Châtel-Saint-Germain (Dr Humbert), Beuvange-sous-Justemont et Clouange (abbé Barbiche). Sur le calcaire oolithique. Meuse : coteaux de Bar-le-Duc (Humbert), sur le calcaire portlandien. Vosges : Dogueville (Reuss), sur le muschellkalk

Althæa officinalis L. — Moselle : bords de la Seille, à Magny, près de Metz (Dr Humbert).

Géraniacées.

Geranium columbinum L. var. flore albo. Rare. — Meuse : Commercy (Briard).

Geranium pratense L. — Meurthe : Nancy, au fond du Géant dans la forêt de Haye (ZEILLER), sur le calcaire oolithique. Moselle : Thionville, au bois d'Illange, sur le lias, et à la côte Saint-Michel, sur le calcaire oolithique (WARION) ; Sierck, le long des ruisseaux de Montenoch et d'Apach, sur le muschelkalk (ABBÉ BARBICHE).

Geranium palustre L. — Extrémité méridionale de la chaîne des Vosges, à Auxelles, Plancher-le-Bas et Plancher-les-Mines (PARISOT), sur les terrains de transition.

Hypéricinées.

Elodes palustris Spach. — Vosges : vallée de Saint-Dié (ABBÉ BOULAY), et vallée de Cleurie (X. THIRIAT), dans les prairies humides, sur l'alluvion siliceuse.

Balsaminées.

Impatiens Noli-tangere L. — Moselle : Thionville, au bois d'Illange et à la côte Saint-Michel (WARION), bois de Kédange (DÉSOUDIN), bois de Richemont, et à Sierck le long du ruisseau d'Apach (ABBÉ BARBICHE). Vosges : commun à la vallée de Cleurie (X. THIRIAT).

Oxalidées.

Oxalis stricta L. — Meurthe : entre Méréville et Pont-Saint-Vincent (LIBAULT). Vosges : plante abondante dans les champs de Senones (LEMAIRE), de la Petite-Raon (DIDIER). Naturalisée.

Empétrées.

Empetrum nigrum L. — Vosges : hautes chaumes de Péris, et depuis le lac Blanc jusqu'à la Schlucht, dans les tourbières sur le granit (KIRSCHLEGER.)

ORDRE II. — DIALYPÉTALES PÉRIGYNES.

Papilionacées.

Sarothamnus scoparius Wimm. — Meurthe : se trouve sur les coteaux du calcaire oolithique qui avoisinent Nancy, mais exclusivement sur les points qui sont couverts d'une couche de diluvium ancien ; on le trouve aussi, mais peu abondant, sur les sables siliceux des îles de la Moselle près de Messein. Vosges : Mirecourt, sur le diluvium vosgien (REUSS).

Genista germanica L. — Moselle : Creutzwald, sur le grès vosgien (ABBÉ BARBICHE). Vosges : Épinal, sur les sables de la Moselle (GEURY), vallée de Cleurie à Germainxard (X. THIRIAT), et Bambois-de-Bâmont (PERRIN), sur le granit ; il se retrouve jusque sur les chaumes du Hohneck (1,300^{m}), où il est rabougri (NICOLAS MARTIN). Cette plante se montre aussi dépourvue d'épines, c'est la *var. inermis Koch;* Kirschleger l'a observée dans la partie supérieure du vallon de Wolmsa, au Hohneck, sur le granit.

Genista pilosa L. — Cette plante n'est pas exclusive aux terrains calcaires ; elle est abondante sur le grès vosgien dans les environs de Saint-Dié, et sur le granit dans les montagnes de Gérardmer.

Genista sagitalis L. — Vosges : Saint-Dié, sur le grès vosgien et ça et là sur toute la formation granitique de la chaîne des Vosges.

Cytisus Laburnum L. — Meurthe : Rosières-en-Haye (MAIRE, instituteur). Moselle : Metz, aux bois de Rozérieulles et de Vaux (WARION). Meuse : au bois de Bar-le-Duc (HUSSENOT). Vosges : Domremy-la-Pucelle. Sur le calcaire oolithique.

Cytisus decumbens Walp. — Meurthe : Villey-Saint-Étienne (ZIENCOWITZ), sur le calcaire oolithique. Vosges : Coussey (Dr HUMBERT et CLARINVAL), Circourt (MOUGEOT père), sur le calcaire corallien.

Anthyllis vulneraria L. — Meurthe : piton d'Essey-la-Côte, au-dessous du sommet, dans les marnes irisées. Vosges : Rambervillers (ABBÉ BOULAY), sur le muschelkalk.

Medicago falcata L. — Meurthe : descend des coteaux jurassiques, sur les éboulis calcaires, jusque dans les prairies de la Meurthe et de la Moselle ; il est assez commun sur les sables dans les îles de cette dernière rivière, près de Messein et Pont-Saint-Vincent ; mais il est grêle, peu élevé et couché. Coteaux des marnes irisées entre Einveaux et Clayeures.

Medicago minima Lam. — Moselle : sables de la

Moselle à Thionville, et carrière de quarzite à Sierck (WARRION), Hettange-la-Grande, sur le grès infraliasique (Dr HUMBERT).

Trifolium striatum L. — Meurthe : Rosières-aux Salines, Morteau et gare de Blainville (Dr HUMBERT), sur le diluvium siliceux.

Trifolium ochroleucum L. — Meurthe : Rosières-aux-Salines. Moselle : Metz, à Fleury et à Chesny (Dr HUMBERT). Meuse : Bar-le-Duc, à la forêt de Massonges (HUMBERT). Vosges : Mirecourt (REUSS). Semble indifférent à la nature chimique du sol.

Trifolium alpestre L. — Meurthe : côte de Sion-Vaudémont, sur le calcaire oolithique (REUSS). Meuse : bois des côteaux de Neufchâteau, sur le calcaire corallien ; en deçà du col de Bussang (PERRIN) et au mont Salbert (PARISOT), sur le terrain de transition.

Trifolium montanum L. — Meurthe : côte de Sion-Vaudémont, sur le calcaire oolithique (REUSS).

Trifolium elegans Savi. — Moselle : rare près de Metz, bois Saint-Clément à Peltre (Dr HUMBERT). Meuse : près l'étang de Liouville (BRIARD). Vosges : val de Saint-Dié (ABBÉ BOULAY), entre Charmes et Bayon. Me paraît préférer les sols siliceux, le diluvium ancien et sables des rivières, mais se voit aussi sur le muschelkalk. — *Nota.* Il ne faut pas confondre cette plante indigène avec une espèce voisine, le *T. hybridum L.*, qui, depuis plusieurs années est cultivé sur le plateau jurassique qui, dans le département de la Moselle, s'étend d'Angevillers jusqu'à Ottange.

Trifolium aureum Poll. — Meurthe : bois de Rosières-en-Haye (MAIRE, instituteur). Foug, au vallon d'Hadrevaux. Moselle: Metz, aux bois de Peltre et de Chesny; Thionville, aux bois de Haute-Yutz, de Distroff, de Stuckange et de Moyeuvre (ABBÉ BARBICHE), bois de Fontoy. Meuse: Bar-le-Duc, au bois de Mussey (HUSSENOT). Se trouve sur les calcaires oolithique et portlandien, le diluvium siliceux, le grès vosgien et le granit.

Astragalus Cicer L.— Meurthe : Trondes (MAIRE, instituteur). Moselle : Remilly et Voiméhaut (WARION). Meuse: Goussaincourt (MICHEL). Me paraît être une plante adventive et non naturalisée.

Colutea arborescens L. — Meurthe : bois de Frouard (FLICHE). Meuse : entre Bar-le-Duc et Fains, sur le coteau qui borde la route. Sur les calcaires oolithique et portlandien.

Vicia pisiformis L. — Moselle : bois de Vitry, Beuvange-sous-Justemont, Pierrevillers (ABBÉ BARBICHE), Les Genivaux (WARION), bois au-dessus de Nilvange. Meuse : Bar-le-Duc, à la forêt de Massonges et à celle de Maestricht (HUMBERT). En Lorraine cette plante est exclusive aux terrains jurassiques.

Vicia lutea L. — Meurthe : Pont-à-Mousson (WARION). Plante adventive dans les moissons.

Vicia lathyroïdes L. — Moselle : sur les glacis de Thionville (ABBÉ BARBICHE).

Cracca tenuifolia Godr. — Meurthe : bois de Bouxières-aux-Dames. Moselle : Metz, à Châtel, Lessy, Remilly (WARION), Beuvange-sous-Justemont (ABBÉ BARBICHE). Croît sur les formations jurassiques et sur les marnes irisées.

Cracca varia Godr. — Moselle : Metz, au Sablon, à Gros-Yeux, à la Grange-aux-Ormes, Coin-sur-Seille, entre Vitry et Gandrange ; commun dans la vallée de la Seille (WARION). Il y a trente ans que cette plante s'est introduite dans quelques moissons des environs de Nancy, et nous l'avons le premier signalée dans la première édition de notre *Flore de Lorraine* (T. I, p. 176), sous le nom de *V. villosa Roth var. β glabrescens*. Depuis cette époque elle s'est beaucoup propagée en Lorraine et s'y est naturalisée. Elle est commune dans les lieux incultes du midi de la France et jusque dans les vallées des Pyrénées orientales.

Ervum gracile DC. — Moselle : Thionville à Illange, Küntzick, Weymerange, Wolkrange, Moyeuvre (ABBÉ BARBICHE). Plante messicole répandue sur les terrains calcaires et argileux ; plus rare sur les sables siliceux.

Ervilia sativa Link. — Moselle : Metz, à Montigny, dans les moissons. Plante adventive.

Lathyrus Nissolia L. — Moselle : Metz, à Châtillon et Grimont (PARIS), butte de Charles-Quint, au-dessus du Ban-Saint-Martin, Fleury (Dr HUMBERT). Vosges : entre Mirecourt et le bois de Ravenelle (REUSS), Saint-Dié (LECOMTE). Plante naturalisée dans les moissons, principalement dans les sables siliceux.

Lathyrus sylvestris L. — Meurthe : piton d'Essey-la-Côte, au-dessous du sommet, sur les marnes irisées.

Lathyrus vernus Wimm. — Très-répandu dans les environs de Nancy, sur le calcaire oolithique et sur les coteaux coralliens qui dominent la vallée de la Meuse, depuis Neufchâteau jusqu'à Saint-Mihiel; mais il manque sur les coteaux des environs de Metz.

Lathyrus niger Wimm. — Meurthe : Nancy, dans les bois d'Eulmont, de Lay-Saint-Christophe, de Custine (Dr HUMBERT), sur le calcaire oolithique.

Coronilla Emerus L. — Moselle : Metz, au mont Saint-Quentin (Dr HUMBERT), sur le calcaire oolithique.

Coronilla varia L. — Vosges : environs de Saint-Dié, sur la dolomie enclavée dans le grès vosgien (ABBÉ DIDIER).

Coronilla minima L. — Meuse : a été signalée autrefois par Maujean, sur la côte de Bussy, près de Commercy, et y a été retrouvée par M. Briard, sur le calcaire corallien.

Ornithopus perpusillus L. — Moselle : Creutzwald, sur le grès vosgien (ABBÉ BARBICHE). Vosges : Saint-Dié, sur le grès vosgien (ABBÉ BOULAY) ; Remiremont et Sapois (ZEILLER), vallée de la Moselotte à Saint-Amé, Nol, Crémanvillers (X. THIRIAT), sur le granit.

Hippocrepis comosa L. — Meurthe : Fontenoy-sur-Moselle, sur le calcaire oolithique. Meuse : coteaux coralliens à Domremy-la-Pucelle. Vosges : environs de Saint-Dié, sur la dolomie intercalée dans le grès vosgien (ABBÉ BOULAY).

Amygdalées.

Prunus insititia L. — Moselle : Metz, à Frescaty et Borny (Dr HUMBERT), Flanville (MONNARD), Thionville et Ars-sur-Moselle (WARION).

Prunus Padus L. — Meurthe : bois du Moulin près de Pont-Saint-Vincent.

Rosacées.

Spiræa Filipendula L. — Moselle : Metz, à Grigy, Lagrange-aux-Bois, Bévoie, Magny (ABBÉ BARBICHE).

Geum rivale L. — Meuse : Pagny-sur-Meuse (ZIENKOWITZ), sur les sables coralliens. Vosges : près de Saint-Dié, sur le grès vosgien (ABBÉ BOULAY).

Potentilla micrantha DC. — Vosges : vallée de la Moselotte jusqu'à Vagney (GAUVAIN), sur le granit.

Potentilla argentea L. — Meurthe : îles de la Moselle à Pont-Saint-Vincent, sur les sables siliceux. Moselle : sables de la Moselle à Thionville et à Sierck (Warion) ; Hettange-la-Grande, sur le grès inférieur du lias (abbé Barbiche). Vosges : vallées de la Moselotte et de Cleurie, à Vagney, Crémanvillers, Bémont (X. Thiriat), le val d'Ajol (Lecomte), sur le granit.

Potentilla verna L. — Je l'ai vu refleurir au mois d'août, dans les îles de la Moselle à Messein. *Var. cinerea* (*P. cinerea Chaix*) : sur les coteaux du muschelkalk, à Rambervillers (abbé Boulay).

Potentilla salisburgensis Hænck. (*P. saxatilis Boul.*) — Vosges : rochers de serpentine à Sainte-Sabine, près de Remiremont (abbé Boulay).

Potentilla reptans L. — Meurthe : îles de la Moselle, près de Messein, sur les sables siliceux. Vosges : près de Saint-Dié, sur la dolomie (abbé Boulay).

Potentilla supina L. — Moselle : Metz, sur le rempart Saint-Thiébault (Dr Humbert) et sur les alluvions de cette rivière, au Saulcy (Warion), à Thionville et Sierck (abbé Friren) ; Hettange-la-Grande, sur le grès infraliasique (abbé Barbiche).

Comarum palustre L. — Meurthe : Rosières-aux-Salines (Dr Humbert). Moselle : forêt de Cattenom, bois de Boust, entre Haute-Yutz, Küntzig et Stukange, Creutzwald et toute la vallée de la

Bisten (ABBÉ BARBICHE). Vosges : Saint-Dié (ABBÉ BOULAY), vallée de Cleurie (X. THIRIAT). Dans les tourbières.

Fragaria collina Ehrh. — Moselle : Metz, à Plappeville (MONNARD), à Fleury et à Remilly (WARION); Thionville, au bois d'Illange et à la fôret de Moyeuvre (ABBÉ BARBICHE); Sierck, au Stromberg. — Je n'ai trouvé qu'une seule fois cette espèce en fruits sur les coteaux des environs de Nancy. Transportée dans mon jardin, elle m'a donné un très-petit nombre de fraises, et j'ai pu constater que ces fruits ne se détachent du torus que difficilement et se brisent lorsqu'on veut les cueillir. Ses stolons, qui se développent avec un luxe de végétation incroyable, paraissent être la cause de cette stérilité à peu près complète. Les mêmes observations s'appliquent aussi à l'espèce suivante, vivant à l'état sauvage; mais il existe dans les jardins une race de celle-ci qui fructifie. Toutefois, M. Fliche a rencontré le *F. collina* fructifiant assez abondamment au bois de Vandœuvre et aux Quatre-Vents, sur la côte de Toul.

Fragaria magna Thuill. — Meurthe : Nancy, aux bois de Malzéville et de Bouxières-aux-Dames. Moselle : Metz, à Rozérieulles, Rémilly, côte Saint-Michel (WARRION); Thionville, aux bois d'Illange, de Florange, de Richemont (ABBÉ BARBICHE).

Rubus saxatilis L. — Meurthe : bois de Maron

et de Rosières-en-Haye (MAIRE, instituteur), Foug, aux Fonds-d'Hadrevaux. Moselle : bois de Nilvange, sur le calcaire jurassique ; Bitche, sur le grès vosgien (SCHULTZ). Meuse : à Marbot (WARION) et à Moulainville (HUMBERT), sur le corallien.

Rubus cæsius L. — Très-commun dans les champs du piton d'Essey-la-Côte, au-dessous du sommet, et coteaux de Varangéville, sur les marnes irisées ; descend des coteaux jurassiques jusque sur les îles de la Moselle à Messein et Pont-Saint-Vincent, sur les sables siliceux.

Rubus serpens Godr. — Metz, au bois de Woippy, sur le diluvium siliceux (Dr HUMBERT).

Rubus nitidus Weih. et Nées. — Vosges : vallée de Cleurie (X. THIRIAT), près du lac de Fondromeix.

Rosa gallica L. — Cette plante se rencontre çà et là dans les haies et présente alors des pétales d'un pourpre foncé, comme dans nos jardins d'où elle s'est échappée. Mais on la trouve aussi dans les bois, et cette forme les a rosés; par exemple : à Vic, Haraucourt, entre Lindre et Guermange. M. le Dr Humbert l'a rencontrée également dans la Moselle, au bois Saint-Clément, près de Peltre, avec la même coloration des fleurs.

Rosa hybrida Schleicher. — Il vit en société des *Rosa gallica* et *arvensis.* Il a les tiges longuement couchées et l'aspect du second, les fleurs roses, les rameaux et les pédoncules couverts de soies glanduleuses, ainsi que les pétioles glanduleux du premier, et se distingue de tous les deux par une petite écaille qui se montre à la base des pédoncules (GRENIER) et qui n'est qu'une feuille plus ou moins avortée et que je retrouve sur presque tous mes échantillons. — Meurthe: bois de Vic (LÉRÉ). Moselle: bois Saint-Clément, à Peltre (Dr HUMBERT).

Rosa pimpinellifolia DC. — Meurthe : côtes de Dongermain, de Choloy, d'Écrouves, de Foug (LÉRÉ), de Trondes (MAIRE, instituteur), sur le calcaire oolithique.

Rosa cinnamomea L. — Moselle : haies à Woippy, Vallières, Saint-Avold (Dr HUMBERT).

Rosa trachyphylla Rau. — Moselle : mont Saint-Quentin et Plappeville (Dr HUMBERT). Vosges : Rambervillers (ABBÉ BOULAY), Mirecourt, au bois de Ravenelle.

Rosa pomifera Herm. — Moselle : aux environs de Sarreguemines. — Le calice fructifère de cette espèce devient blet à la mi-septembre, c'est-à-dire bien plus tôt que les autres espèces, si ce n'est toutefois le *Rosa alpina L.* qui, au Jardin des plantes de Nancy, est mûr en même temps.

Sanguisorbées.

Agrimonia odorata Mill. — Vosges : Mirecourt, derrière Ravenelle (FLICHE), sur le diluvium vosgien; Bambois-de-Bamont et Saint-Maurice (PER-

RIN), en montant au ballon de Giromagny, sur le granit.

Sanguisorba officinalis L. — Vosges : près de Neufchâteau (ABBÉ BOULAY), vallée de Cleurie (X. THIRIAT), ballon de Saint-Maurice (PARISOT).

Poterium muricatum Spach. — Meurthe : bois de Jaillon (Dr HUMBERT), près de Saint-Phlin, sur une coupe faite dans les marnes irisées.

Alchemilla vulgaris L. — Moselle : bois de Ranguevaux et fond de Bousseval, bois de Pierrevillers, d'Ottange (ABBÉ BARBICHE), bois des Tillots, entre Fontoy et Neufchef, sur le calcaire oolithique. Meuse : bois près de Bar-le-Duc (HUMBERT), sur le calcaire portlandien. — Il faut ajouter une nouvelle variété : γ *glabrata*. A part le bord des feuilles ciliées, cette plante est à peu près glabre. Elle se trouve dans les hautes Vosges : ballon de Soultz (MOEDER) ; Hohneck et Rotabac (ABBÉ BOULAY).

Pomacées.

Mespilus germanica L. — Moselle : forêt de Moyeuvre, principalement au-dessus de Morlange et de Ranguevaux (ABBÉ BARBICHE), sur le calcaire oolithique.

Sorbus Chamæmespilus Crantz. — Hautes Vosges : au Rotabac et au ballon de Soultz. — Le vénérable M. Mougeot, de Bruyères, nous a adressé, en 1858, des échantillons recueillis au Hohneck par N. Martin, au milieu d'échantillons normaux et de pieds de *Sorbus Aria Crantz,* qui diffèrent du type par leurs feuilles tomenteuses en dessous. J'ai démontré (*Revue des sciences naturelles de Montpellier,* t. II, p. 443) que cette forme habituellement stérile est un hybride de ces deux espèces.

Sorbus latifolia Pers. — Meurthe : Foug, au fond d'Hadrevaux et bois d'Eulmont (Dr Humbert), sur le calcaire jurassique. Moselle : bois de Waville et de Buret (Warion), sur le calcaire jurassique. Chaîne des Vosges : dans la vallée de Barr, sur le granit (Mathieu). — A l'exemple de Bechstein, d'Irmisch et de Röse, nous considérons cette plante comme un hybride des *Sorbus Aria Crantz* et *Sorbus torminalis Crantz,* au milieu desquels il vit en société (*Revue des sciences naturelles de* Montpellier, t. II, p. 434).

Sorbus domestica L. — Meurthe : Villers-en-Haye, (Maire, instituteur); forêt de Haye, aux Cinq-Tranchées et près de Clairlieu. Moselle : forêt de Moyeuvre (abbé Barbiche). Meuse : bois de Commercy (Briard) et de Sommedieue, près de Bar-le-Duc (Humbert).

Sorbus Mougeoti Soy. Willm. et *Godr.* (*S. scandica Godr. Fl. Lorr. éd.* 2). — Vosges : près de Remiremont, à Sainte-Sabine, dans la tourbière de la Mousse (X. Thiriat), Andlau (Warion).

Azonia rotundifolia Pers. — Vosges : montagnes

de la vallée de la Moselotte et du Bouchot (PIERRAT), sur le granit.

Onagrariées.

Epilobium obscurum Schreb. — Vosges : Saint-Dié (ABBÉ BOULAY), sur le grès vosgien ; vallée de Cleurie (X. THIRIAT), sur le granit.

Epilobium trigonum Schranck. — Ballon de Giromagny (PARISOT), sur le granit.

Epilobium collinum Gmel. — Vosges : Saint-Dié (ABBÉ BOULAY), sur le grès vosgien.

Œnothera biennis L. — Meurthe : îles sablonneuses de la Moselle, à Messein et à Pont-Saint-Vincent, où il est extrêmement commun. Moselle : sables de la rivière à Thionville (WARION) ; Creutzwald (ABBÉ BARBICHE). Meuse : près de Bar-le-Duc (HUMBERT).

Œnothera muricata L. — Meurthe : très-abondant sur les sables et les graviers siliceux des îles de la Moselle, à Messein et à Pont-Saint-Vincent. Moselle : Metz, dans les sables de la rivière, à Montigny, Longeville-lès-Metz, Novéant, Jouy-aux-Arches (WARION).

Circæacées.

Circæa lutetiana L. — Meurthe : Nancy, au bois de Saulxures (Dr HUMBERT). Moselle : bois de Thionville, Sierck, Apach, Kédange, Florange, Richemont, Beuvange, Rombas, Pierrevillers

(ABBÉ BARBICHE). Meuse : bois près de Bar-le-Duc (HUMBERT) et de Neuville (HUSSENOT). Vosges : Remiremont, aux bois du Saint-Mont, de Rubiate et de Grismouton (X. THIRIAT).

Circæa intermedia Ehrh. — Vosges : vallée de la Vologne, au-dessous de Gérardmer (ZEILLER) ; Wildenstein (KIRSCHLÉGER); vallon de Lispach, (N. MARTIN).

Trapéacées.

Trapa natans L. — Meurthe : étang de Lindre, au sud du Rouge-Étang (Dr ANCELON).

Myriophylléacées.

Myriophyllum alterniflorum DC. — Moselle : Bitche, dans les étangs du Jægerthal, de Stüzelbron, de Dambach et de Neuhoffen (SCHULTZ). — Ne se trouve pas, à ma connaissance, dans les eaux calcaires.

Lythrariées.

Lythrum Hyssopifolium L. — Moselle : Metz, à Sorbey et Laquenexy (Dr HUMBERT) ; La Grange-aux-Bois, Mercy-le-Haut, Thionville (ABBÉ BARBICHE). Meuse : Lahayville (HUMBERT). Vosges : Fontenoy-le-Château (ABBÉ BOULAY). Dans les champs argileux.

Peplis portula L. — Moselle : Thionville, Richemont, vallée de la Bisten, Creutzwald, Bitche (ABBÉ BARBICHE). Meuse : Damvillers (HUMBERT). Vosges : vallée de Saint-Dié (ABBÉ BOULAY). Sur le diluvium, l'alluvion siliceuse et l'oxfordien.

Paronychiées.

Corrigiola littoralis L. — Meurthe : commun sur les îles de la Moselle, à Dieulouard (MAIRE, instituteur), à Messein et à Pont-Saint-Vincent. Moselle : graviers de cette rivière, à Corny (Dr HUMBERT) ; îles en face d'Illange, vallée de la Bisten, Creutzwald (ABBÉ BARBICHE). Vosges : sables de la Moselle, au-dessous d'Épinal (ZEILLER), et de la Moselotte, entre Saint-Amé et Vagney (X. THIRIAT) ; val de Saint-Dié (ABBÉ BOULAY). Toujours sur les sables siliceux.

Illecebrum verticillatum L. — Meurthe : bord du bois de Moncel (MUNIER). Moselle : Creutzwald (BOX). Vosges : à la Chapelle-aux-Bois, vers Haut-Domprey (ABBÉ BOULAY) ; Saint-Amé et Vagney, où il est commun (X. THIRIAT). Sur les sables siliceux.

Scleranthus perennis L. — Meurthe : îles de la Moselle, à Messein et à Pont-Saint-Vincent. Moselle : Sierck et Saint-Avold (WARION) ; Creutzwald et Merten (ABBÉ BARBICHE). Vosges : Saint-Dié (ABBÉ BOULAY), vallée de Cleurie (X. THIRIAT). Sur les sables siliceux.

Crassulacées.

Crassula rubens L. — Meurthe : Vandelainville (TAILLEFERT). Moselle : Bayonville et Vaville (WARION). Sur les murs des vignes.

Sedum Fabaria Koch. — Meurthe : îles de la

Moselle, à Pont-Saint-Vincent. Meuse : Bar-le-Duc (HUSSENOT). Vosges : Mirecourt (REUSS) ; Épinal et Baccarat (ZEILLER); vallée de Cleurie (X. THIRIAT).

Sedum purpurascens Koch. — Meurthe : vignes de Lay-Saint-Christophe (Dr HUMBERT), sur le calcaire oolithique.

Sedum annuum L. — Moselle : Bitche (SCHULTZ). Vosges : rochers du château de Wildenstein (KIRCHLÉGER), descend dans les sables de la Moselle jusqu'à Épinal (ZEILLER). Sur les sols siliceux.

Sedum villosum L. — Vosges : Saint-Dié (ABBÉ BOULAY), sur le grès rouge; Remiremont (GAUVAIN), sur le granit.

Sedum boloniense Lois. — Meurthe : abondant dans les sables des îles de la Moselle, à Messein et à Pont-Saint-Vincent. Moselle : Thionville, Sierck (WARION); Rethel (ABBÉ BARBICHE). Vosges : Dognéville (BERHER).

Sedum reflexum L. — Meurthe : Lay-Saint-Christophe (BRIARD). Moselle : Metz, à Châtel-Saint-Germain et à Onville (Dr HUMBERT); Sierck et Bitche (ABBÉ BARBICHE). Vosges : Bussang (ABBÉ JACQUEL).

Sedum elegans Lej. — Meurthe : Rosières-aux-Salines, sur le diluvium siliceux ; sables des îles de la Moselle, à Messein et à Pont-Saint-Vincent. Moselle : Metz, à Frescati, à Thionville, sur l'alluvion siliceuse; carrières de Sierck, sur le quartzite (WARION). Vosges : le Valtin (ZEILLER); Vagnier (PIERRAT), sur le granit; Bains (ABBÉ JOLIVALD), sur le grès bigarré.

Sedum dasyphyllum L. — Vosges : rochers à Wildenstein (KIRSCHLÉGER).

Sempervivum tectorum L. — Moselle : Ébange, Œutrange, Homécourt, Vitry, Bitche (ABBÉ BARBICHE). Vosges: Docelle, Arches et Saint-Étienne (ZEILLER).

Grossulariées.

Ribes nigrum L. — Meurthe : bois de Malzéville (Dr HUMBERT). Vosges : Mirecourt, au milieu du bois de Bazoile (REUSS). Plante adventive.

Ribes alpinum L. — Remiremont, au bois de Saint-Sabine (X. THIRIAT), sur le grès vosgien.

Ribes rubrum L. — Meurthe : île du moulin de Liverdun. Moselle: Sierck (WARION). Plante adventive.

Saxifragées.

Saxifraga granulata L. — Meurthe : Heillecourt (BRIARD) ; Le Montet, près de Nancy, Liverdun (ZEILLER) ; prairie entre Maxéville et la Meurthe; îles de la Moselle, à Pont-Saint-Vincent. Moselle : fonds de Clouange, Mont-Saint-Michel (ABBÉ BARBICHE) ; entre Sierck et Rethel (ABBÉ FRIREN) ; bois de Guénetrange (BOX). Meuse : Bar-le-Duc, à Voël (HUSSENOT). Vosges : Mirecourt, au bois de Ravenelle (REUSS); Remiremont, au Saint-Mont et vallée de la Moselotte à Celles (X. THIRIAT). Sur tous les terrains.

Saxifraga stellaris L. — Vosges : Bussang, à la Goutte-du-Séchenat (TOCQUAINE); vallon de Lispach. — Var. β *Clusii.* M. Fliche a trouvé, vers le fond de la vallée de Longemer, dans les escarpements qui dominent son flanc gauche, une forme qui, par ses rosettes denses de grandes feuilles minces et fortement dentées, par l'absence de stolons couchés sur la terre, par sa grande panicule et par sa villosité assez abondante, se rapporte à cette variété. Elle en diffère toutefois par ses bractées, beaucoup moins développées. (Voir Duchartre, *Ann. des sciences nat.*, sér. 2, t. V (1836), p. 248.)

Saxifraga Aizoon Jacq. — Hautes Vosges : ruines du château de Wildenstein (KIRSCHLÉGER), sur le granit.

Chrysosplenium alternifolium L. — Moselle : bois de Kédange, d'Ottange, de Creutzwald, et vallée de la Bisten (ABBÉ BARBICHE). Vosges : Saint-Dié (ABBÉ BOULAY).

Chrysosplenium oppositifolium L. — Moselle : bois de Richemont, de Florange, de Kédange, vallée de la Bisten et forêt de la Houve (ABBÉ BARBICHE). Vosges : près de Mirecourt (REUSS) et Saint-Dié (ABBÉ BOULAY).

Ombellifères.

Orlaya grandiflora Hoffm. — Moselle : Amnéville, Angevillers et Ottange (ABBÉ BARBICHE), sur le calcaire oolithique. Meuse : près de Bar-le-Duc (HUMBERT), sur le calcaire portlandien. Vosges : commun à Neufchâteau (REUSS), sur le calcaire corallien, et près d'Épinal (BERHER), sur le muschelkalk.

Turgenia latifolia Hoffm. — Moselle : Metz, à Grigy, Bévoie, Peltre; Thionville, à Gassion, Illange, Guénetrange, Weymerange, sur le lias; Wolkrange, Beuvange-sous-Saint-Michel, entre Angevillers et Ottange, sur le calcaire oolithique (ABBÉ BARBICHE) ; Saint-Avold, sur le muschelkalk. Meuse : Fains, près de Bar-le-Duc (HUMBERT), sur le calcaire portlandien. Vosges : Mirecourt (REUSS), sur les marnes irisées.

Caucalis daucoides L. — Vosges : Saint-Dié, sur la dolomie (ABBÉ BOULAY).

Laserpitium latifolium L. — Meuse : Bar-le-Duc, au bois Juré et Apremont (HUMBERT), sur le calcaire portlandien.

Siler trilobum Scop. — Meurthe : forêt de Frouard et Pain-de-Sucre d'Amance (FLICHE), sur le calcaire oolithique.

Angelica pyrenæa Spreng. — Vosges : vallée de Saint-Dié, dans les prairies des bords de la

Meurthe (ABBÉ BOULAY), et vallée de Cleurie (X. THIRIAT), sur le diluvium vosgien.

Selinum Carvifolia L. — Moselle : Thionville, à la Haute-Yutz, Küntzig et Stukange (ABBÉ BARBICHE), sur le lias. Vosges : Saint-Amé (X. THIRIAT), sur le granit.

Peucedanum palustre Mœnch. — Vosges : Saint-Dié (ABBÉ BOULAY), sur le grès vosgien ; vallée de Cleurie (X. THIRIAT), sur le granit.

Peucedanum Cervaria Lapeyr. — Meurthe : coteaux de Varangéville, d'Essey-la-Côte, de Château-Salins, sur les marnes irisées ; de Lunéville, sur le muschelkalk.

Peucedanum carvifolium Vill. — Meurthe : Rozelieures, sur les marnes irisées. Moselle : Metz, au mont Saint-Quentin, aux Genivaux, à la vallée de Montvaux, à Gandrange, Vitry et toute la vallée de l'Orne (ABBÉ BARBICHE), sur le calcaire oolithique ; fossés de Thionville (Dr HUMBERT). Meuse : Bar-le-Duc, à Savonnières (HUMBERT), sur le calcaire portlandien. Vosges : Rambervillers (ABBÉ BOULAY), sur le grès bigarré.

Peucedanum Ostruthium Koch. — Vosges : vallée de Cleurie (X. THIRIAT), sur le granit.

Heracleum stenophyllum Jord.! — Fleurs blanches, rayonnantes, en ombelle de grandeur moyenne, à 8-12 rayons. Pétales de la circonférence obovés-cunéiformes, bifides, à lobes étroits, oblongs et presque parallèles. Ovaire glabre. Fruit largement obové, émarginé ; vallécules munies chacune d'une bandelette un peu épaissie vers le bas et se prolongeant jusqu'au milieu de la longueur du fruit. Feuilles vertes et glabres ; les inférieures et les moyennes petiolées, à deux ou trois paires de segments, dont les inférieurs tripartites et pétiolulés, et les autres sessiles et plus ou moins profondément divisés, à partitions toutes étroites, linéaires-lancéolées, aiguës et dentées en scie. Tige dressée, sillonnée, lisse, rameuse au sommet. — Vosges : montagne d'Ormont, au-dessus de Saint-Dié (FLICHE).

Tordylium maximum L. — Meurthe : commun dans les vignes de Dieulouard. Moselle : Bayonville et Arnaville (WARION). Sur le calcaire oolithique.

Seseli montanum L. — Meurthe : coteaux entre Einvaux et Clayeures. Vosges : Poussey (REUSS). Sur les marnes irisées.

Seseli coloratum Ehrh. — Moselle : Moyeuvre, Clouange, Vitry et côte de Justemont (ABBÉ BARBICHE), sur le calcaire oolithique.

Seseli Libanotis Koch. — Meurthe : Nancy, forêt de Haye, au vallon de Morvaux ; Foug, au fond d'Hadrevaux ; Pagny-sur-Meuse ; Fontenoy-sur-Moselle ; côte de Dieulouard. Moselle : bois de Marange (ABBÉ CORDONNIER). Meuse : Bar-le-Duc, à Moulainville et à Apremont (HUMBERT) ; Lérouville. Hautes Vosges : Wildenstein (KIRSCHLÉGER) et Bambois-de-Bâmont, près de Saulxures.

Œnanthe peucedanifolia Poll. — Moselle : Thionville, à la Haute-Yutz et à La Grange; Amnéville, près du Rondbois (ABBÉ BARBICHE); Hettange-la-Grande (WARION). Meuse : Braquis, près d'Étain (HUMBERT).

Bupleurum falcatum L. — Meurthe : coteaux de Varangéville, entre Einvaux et Clayeures, sous le sommet du piton d'Essey-la-Côte, sur les marnes irisées.

Sium latifolium L. — Moselle : dans les fossés des fortifications de Metz et de Thionville (WARION); étang du moulin d'Olgy (TAILLEFERT). Meuse : Verdun, aux bords de la Meuse (HUMBERT). Commercy, au pont de Vignot, et eaux mortes de la Meuse jusqu'au Ville-Issey (BRIARD).

Falcaria Rivini Host. — Meurthe : Vic et Dieuze (BRIARD), et coteaux de Varangéville, sur les marnes irisées.

Cicuta virosa L. — Meurthe : Jarville, au bord du canal de la Marne au Rhin (Dr HUMBERT). Moselle : étang de Saint-Avold.

Anthriscus vulgaris Pers. — Meurthe : boulevard de Pont-à-Mousson (Dr HUMBERT).

Anthriscus sylvestris Hoffm. — Var. β *alpestris Koch* : Je l'ai recueilli dans les basses Vosges, au

Schneberg. — Var. γ *tenuifolia DC.* au ballon de Soultz.

Chærophyllum bulbosum L. — Meurthe: Atton (Salle); Château-Salins (Léré). Moselle : entre Rémilly et Voimehaut (Warion); Vittoncourt et Sanry (Dr Humbert). Sur le lias et les marnes irisées.

Hydrocotyle vulgaris Tourn. — Meurthe : Toul, dans les mortes de Gondreville (Husson). Vosges : très-commun dans la vallée de la Meurthe depuis ses sources jusqu'à Saint-Dié (Fliche); vallée de Cleurie (X. Thiriat). Ne croît pas dans les eaux calcaires.

Eryngium campestre L. — Meurthe: plateaux de Malzéville, de Bouxières-aux-Dames, côte des Chanoines, Fontenoy-sur-Moselle, sur le calcaire oolithique ; îles de la Moselle, à Messein et à Pont-Saint-Vincent, sur l'alluvion siliceuse.

CLASSE II. — GAMOPÉTALES

ORDRE I. — GAMOPÉTALES PÉRIGYNES

Caprifoliacées.

Adoxa Moschatellina L. — Meurthe : vallon de Bouxières-aux-Dames, près de la fontaine, sur le calcaire oolithique. Meuse : Bar-le-Duc, au bois Juré et à Savonnières (Humbert); Varney (Husse-

NOT), sur le calcaire portlandien. Vosges : Vagney (PERRIN) et Vecoux (GAUVAIN), sur le granit.

Sambucus racemosa L. — Vosges : vallée de Cleurie (X. THIRIAT) ; col de Bussang. — Sa moelle devient fauve la seconde année seulement.

Lonicera Caprifolium L. — Meurthe : Nancy, au bois du Montet (Dr HUMBERT), sur le calcaire oolithique.

Lonicera nigra L. — Kirschléger indique, au ballon de Soultz, une variété à baies verdâtres.

Rubiacées.

Galium uliginosum L. — Meurthe : Nancy, à Montaigu (ZEILLER). Moselle : Vittoncourt (WARION). Vosges : Mirecourt, au bois de Ravenelle (REUSS) ; Saint-Dié (ABBÉ BOULAY) ; vallée de Cleurie (X. THIRIAT).

Galium elongatum Presl. — Vosges : Mirecourt, au bord du Madon (REUSS).

Asperula arvensis L. — Meuse : Bar-le-Duc, à Voël (HUMBERT) ; Commercy et Gironville (BRIARD). Dans les champs, sur les calcaires portlandien et corallien.

Valérianées.

Valeriana Phu L. — Moselle : Sierck, au bois de Manderen (WARION), où il paraît spontané, sur le muschelkalk.

Valeriana tripteris L. — Hautes Vosges : Rochurbain et Rochesson (PERRIN), sur le granit; col de Bussang, sur les schistes de transition.

Valeriana dioïca L. — Metz, aux Geniveaux, bois de Richemont, vallée de Ranguevaux, Marange, Beuvange-sous-Justemont, fond du vallon de Bousseval, sur le calcaire oolithique. Vosges : Mirecourt, au bois des Trois-Fontaines (REUSS), sur les marnes irisées; Saint-Dié (ABBÉ BOULAY), sur le grès vosgien; commun dans la vallée de Cleurie (X. THIRIAT), sur le granit.

Valerianella carinata Lois. — Vosges : assez commun à Épinal (BERHER).

Valerianella eriocarpa Desv. — Moselle : Metz, à Rozérieulles, Rémilly (WARION). Vosges : Épinal (BERHER).

Valerianella Morisonii DC. var. α vera. — Moselle: Thionville, à la Haute-Yutz et à Küntzig (ABBÉ BARBICHE). Meuse : Bar-le-Duc (HUMBERT).

Dipsacées.

Dipsacus sylvestris Mill. — Vosges : Saint-Dié (ABBÉ BOULAY), sur la dolomie.

Dipsacus pilosus L. — Meurthe : Nancy, à la forêt de Haye (le long de la route Jean-Lebrun) (ZEILLER) et vallon de Morvaux; Lay-Saint-Christophe. Moselle : bois de Moyeuvre et de Briey (ABBÉ BARBICHE). Meuse : Bar-le-Duc (HUMBERT).

Knautia arvensis Coult. var. α arvensis. —

Meurthe : coteau de Varangéville et au-dessous du piton d'Essey-la-Côte, sur les marnes irisées.

Synanthérées.

Adenostyles albifrons Rchb. — Vosges : vallée de Cleurie (X. THIRIAT), sur le granit.

Petasites officinalis Mœnch. — Meurthe : Rosières-aux-Salines (BRIARD). Moselle : Thionville, sur la rive droite de la Moselle et toute la vallée de l'Orne (ABBÉ BARBICHE); vallée du Rupt-de-Mad. Meuse : Bar-le-Duc (HUMBERT). Vosges : Saint-Dié (ABBÉ BOULAY), bords de la Moselotte à Saint-Étienne et près de Remiremont. Indifférent à la nature chimique du sol.

Petasites albus Gærtn. — Vosges : commun au bord des ruisseaux de Cleurie et de Bouvacôte (X. THIRIAT), sur le granit.

Petasites fragrans Presl. — N'existe plus dans les deux localités indiquées, où sans doute ses souches avaient été transportées avec les engrais.

Tussilago Farfara L. — Meurthe : au-dessous du sommet du piton d'Essey-la-Côte, sur les marnes irisées. Vosges : Saint-Dié (ABBÉ BOULAY), sur la dolomie; col de Bussang, sur les schistes de transition.

Erigeron canadensis L. — Il a pénétré dans les vallées de la chaîne des Vosges, notamment dans celle de Cleurie (X. THIRIAT).

Aster brumalis Nées. — Moselle : au bord d'un ruisseau à Vantoux, près de Metz. Plante introduite.

Aster Novi-Belgii L. — Plante de l'Amérique du Nord, naturalisée, comme la précédente, aux bords des rivières. Moselle : Metz, à Moulins ; Thionville, à Illange, Basse-Yutz et Uckange (WARION et ABBÉ BARBICHE).

Aster Tripolium L. — Moselle : Rémilly et Aubécourt (WARION), sur les marnes irisées salifères.

Bellis peremis L. — Au printemps, la souche est courte, oblique, tronquée ; elle est pourvue à son sommet d'une rosette de feuilles, du centre de laquelle s'élèvent un scape floral et successivement, de l'aisselle de ces feuilles, de nouveaux scapes floraux. Plus tard, à l'aisselle d'une ou de plusieurs feuilles de cette même rosette, se montrent un ou plusieurs bourgeons qui produisent des jets souterrains de chacun desquels naît une nouvelle rosette épigée, qui produit des fleurs en été et donne elle-même naissance à de nouveaux jets et à de nouvelles rosettes terminales qui donneront des fleurs au printemps suivant. Ces jets souterrains s'enracinent à leur extrémité près de la rosette. Pendant l'hiver, ces jets souterrains pourrissent ordinairement, si ce n'est à leur sommet enraciné, et forment ainsi les souches courtes et obliques qu'on observe au printemps. Il arrive aussi quelquefois, et j'en ai vu à Nancy des exemples, qu'au lieu d'être hypogés, ces stolons restent hors de terre, sont ascendants, plus ou moins allongés, et les feuilles qu'ils produisent sont plus ou moins écartées les unes des autres et ne forment pas de véritables rosettes, mais fleurissent néanmoins. Cette forme a été décrite comme *variété β caulescens* par MM. Wilkomm et Lange, *Prodr. floræ hispanicæ*, t. II, p. 31.

Doronicum plantagineum L. — Ce n'est pas à la côte Sainte-Marie, mais à la côte Saint-Michel, près de Thionville, que M. Box a découvert cette espèce.

Arnica montana L. — Vosges : vallée de Saint-Dié (ABBÉ BOULAY) ; vallées de la Moselotte et de Cleurie (X. THIRIAT), sur l'alluvion siliceuse.

Senecio viscosus L. — Meurthe : commun dans les îles de la Moselle, à Dieulouard (MAIRE, instituteur) ; entre Messein et Pont-Saint-Vincent. Moselle : Ottange, Moyeuvre, Vitry et Mondelange (ABBÉ BARBICHE). Vosges : vallée de Cleurie (X. THIRIAT). Sur tous les terrains.

Senecio sylvaticus L. — Moselle : commun à la forêt de Moyeuvre, sur toutes les places à charbon (ABBÉ BARBICHE). Meuse : Commercy (BRIARD). Vosges : Mirecourt (REUSS), vallée de Cleurie (X. THIRIAT). Sur tous les terrains.

Senecio aquaticus Huds. — Moselle : Thionville, à La Grange, Illange, Helpert et Ébange, Uckange,

Vitry et vallée de la Bibiche (ABBÉ BARBICHE). Vosges : vallée de Saint-Dié (ABBÉ BOULAY), ruisseau de la vallée de Cleurie (X. THIRIAT).

Senecio Jacquinianus Rchb. — Chaîne des Vosges : ballons de Saint-Maurice et de Giromagny (PARISOT) ; Vagney (PERRIN), lac de Fondromeix, sur le granit ; col de Bussang, sur les schistes de transition.

Senecio salicetorum Godr. — Meurthe : île de Scarpone (MAIRE, instituteur). Moselle : Metz au polygone (PARIS) et île Saint-Symphorien (WARION). Sur l'alluvion siliceuse.

Senecio spathulæfolius DC. — Meuse : Pagny-sur-Meuse, près du bois (MAIRE, instituteur). Vosges : Remiremont, dans les bois de Grismouton près de Sainte-Sabine, d'où cette plante descend dans le vallon de Germainxard jusqu'au Saut-de-la-Cuve (ABBÉ BOULAY et PIERRAT). Dans les lieux humides.

Artemisia Absinthium L. — Moselle : Bitche, à la Main-du-Prince (n'existe plus à la Roche-Percée) (ABBÉ BARBICHE), sur le grès vosgien. Meuse : Bar-le-Duc, à Savonnières et sur les escarpements de Vauforon (HUMBERT), sur le calcaire portlandien.

Leucanthemum corymbosum Godr. — Meurthe : bois de Jaillon, le long du chemin qui le traverse pour aller à Aingeray (MATHIEU), sur le calcaire oolithique.

Chrysanthemum segetum L. — Meuse : Commercy (BRIARD), dans les champs. Plante adventive.

Cota tinctoria Gay. — Meurthe : rochers près d'Aingeray. Moselle : Metz, à Vaux, Rozérieulles et Ars-sur-Moselle (BRIARD), Beuvange-sous-Saint-Michel, Angevillers et tout le plateau jusqu'à Ottange, Ranguevaux, Justemont, Vitry, sur le calcaire oolithique ; s'est propagé le long du chemin de fer entre Amnéville et Mondelange (ABBÉ BARBICHE), sur le balast calcaire.

Galinsoga parviflora Ruiz et Pav. — Plante du Pérou, qui s'est naturalisée au Sablon près de Metz, depuis 1859 (CHAUSSIER et WARION).

Inula britannica L. — Moselle : bords de la Seille à Marly (MONNARD), bords de la Moselle à Thionville, Basse-Yutz, Illange, Cattenom, Kœnigsmacker, Sierck (WARION). Vosges : Neufchâteau, au vallon du Voir (ABBÉ BOULAY).

Helichrysum arenarium DC. — Moselle : Hettange-la-Grande, Boust et Roussy (WARION), sur le grès infraliasique ; entre Creutzwald, Carling et Diesen, au Hohlenwald (ABBÉ BARBICHE), sur le grès vosgien.

Gnaphalium norwegicum Gunn. — Hautes Vosges, au lac Blanc et au lac Noir (KIRSCHLÉGER), sur le granit.

Filago spathulata Presl. — Meurthe : Lay-Saint-Christophe (Dr HUMBERT). Moselle : Angevillers,

Ottange, Beuvange-sous-Justemont, Clouange, Vitry (ABBÉ BARBICHE). Dans les champs du calcaire oolithique.

Filago arvensis L. — Meurthe : îles de la Moselle, à Messein et à Pont-Saint-Vincent, sur l'alluvion siliceuse. Moselle : entre Thionville et Uckange (ABBÉ BARBICHE), Sierck (WARION), sur le diluvium siliceux.

Filago neglecta DC. (*Gnaphalium neglectum Soy-Willm.*) — Vosges : commune aux Forges près d'Épinal (BERHER), sur le grès bigarré. — Cette espèce a été retrouvée depuis en Belgique, près de Saint-Hubert (*Bull. de la Soc. roy. bot. de Belgique*, t. XII (1874), p. 339).

Silybum Marianum Gærtn. — Meurthe : Pont-à-Mousson (Dr HUMBERT). Meuse : Bar-le-Duc (HUMBERT). Plante adventive.

Cirsium eriophorum Scop. — Meurthe : Fontenoy-sur-Moselle, Jaillon, Pierre-la-Treiche. Meuse : Bar-le-Duc (HUMBERT), Goussaincourt (MICHEL), Lérouville. Sur le calcaire oolithique, portlandien et corallien.

Cirsium acaule All. — Meurthe : coteaux de Varangéville et entre Einvaux et Clayeures, sur les marnes irisées.

Centaurea amara L. — Meurthe : piton de la côte d'Essey, au-dessous du sommet, sur les marnes irisées. Vosges : Saint-Dié (ABBÉ BOULAY), sur la dolomie.

Centaurea nigrescens Willd. — Moselle : entre Sierck et Rethel (ABBÉ FRIREN), sur les alluvions de la Moselle. Vosges : vallée de Cleurie (X. THIRIAT), sur le granit.

Centaurea microptilon Godr. — Moselle : Sierck (ABBÉ FRIREN).

Centaurea montana L. — Vosges : prairies de Cornimont (PERRIN), vallon de Germainxart et bois de Rubiate (X. THIRIAT), sur le grès vosgien et le granit.

Centaurea Scabiosa L. — Meurthe : coteaux entre Einvaux et Clayeures, au-dessous du piton d'Essey-la-Côte, sur les marnes irisées. Vosges : Saint-Dié (ABBÉ BOULAY), sur la dolomie.

Centaurea solstitialis L. — C'est par une confusion typographique que ces fleurs sont indiquées comme purpurines dans la 2e édition de ma *Flore de Lorraine;* elles sont jaunes et signalées comme telles dans la 1re édition.

Kentrophyllum lanatum DC. — Moselle : à Vitry, dans les luzernières (ABBÉ BARBICHE). Cette plante est introduite par les graines de luzerne qui nous viennent du Midi, mais elle se propage çà et là le long des routes.

Arnoseris minima Gœrtn. — Vosges : moissons de la vallée de Cleurie (X. THIRIAT), sur le granit.

Scorzonera humilis L. — Meurthe : prairies à Trondes (Maire, instituteur), sur le calcaire oolithique ; Baccarat, au bois des Voivres (Zeiller), sur le grès vosgien. Vosges : Gérardmer (Fliche), vallées de la Moselotte (Perrin) et de Cleurie (X. Thiriat), sur le granit ; vallée de Saint-Dié (abbé Boulay), sur l'alluvion siliceuse.

Podospermum laciniatum DC. — Vosges : Mirecourt (Reuss). Plante probablement adventive.

Chondrilla juncea L. — Moselle : Metz, au Sablon (Monard), Boust et Uckange (Warion), entre Amnéville et le Moulin-Neuf (abbé Barbiche). Plante probablement adventive.

Chondrilla latifolia M. Bieb. — Meurthe : Lunéville, à Chaufontaine (Munier). Plante introduite accidentellement.

Lactuca saligna L. — Meurthe : Varangéville (Dr Humbert), Lunéville (Briard). Moselle : Thionville, sur les glacis et à Beauregard, Coin-sur-Seille, entre Puttelange et Mondorff, Sierck (Warion). Plante introduite dans les moissons.

Lactuca perennis L. — Meurthe : coteaux de Dieulouard et de Fontenoy-sur-Moselle, Foug, dans les champs, sur le gravier du calcaire oolithique ; vignes de Lunéville, sur le muschelkalk (Munier) ; Sion-Vaudémont, sur le calcaire oolithique. Moselle : Clouange (abbé Barbiche), sur le calcaire oolithique. Meuse : Bar-le-Duc (Humbert), sur le calcaire portlandien ; environs de Montmédy (PH. PIERROT), sur le corallien.

Sonchus alpinus L. — Vosges : vallon de Lispach (N. MARTIN), Rochesson (PERRIN), sur le granit.

Sonchus Plumieri L. — Hautes Vosges : au-dessus du lac Noir, Tanache (KIRSCHLÉGER), sur le granit.

Barkhausia taraxacifolia Thuill. — Meurthe : Nancy, à Montaigu, sur le diluvium siliceux, îles de la Moselle, à Messein et à Pont-Saint-Vincent, sur l'alluvion siliceuse. Meuse : Bar-le-Duc et Verdun (HUMBERT), sur le calcaire portlandien. Vosges : Saint-Dié (DEMANGE et LECOMTE), sur la dolomie.

Barkhausia setosa DC. — Moselle : moissons à Bayonville, et luzernières à Uckange (Dr HUMBERT). Il y a 30 ans que j'ai vu cette plante pour la première fois, dans les luzernières de Maxéville près de Nancy ; elle s'est étendue depuis dans les vignes, dans les prés, dans les champs ; elle est complétement naturalisée.

Barkhausia fœtida DC. — Meurthe : îles de la Moselle à Messein, sur l'alluvion siliceuse. Vosges : Saint-Dié (ABBÉ BOULAY), sur la dolomie.

Crepis blattarioïdes Will. — Hautes Vosges : escarpements du grand Hohneck (N. MARTIN) et au Frankenthal (ZEILLER et FLICHE), sur le granit.

Crepis paludosa Mœnch. — Vosges : entre Épinal et Dinozé (Berher), sur les sables de la Moselle ; Saint-Dié (abbé Boulay), sur le grès vosgien ; vallée de Cleurie (X. Thiriat), sur le granit.

Crepis præmorsa Tausch. — Meurthe : bois de Trondes (Maire, instituteur), sur le calcaire oolithique. Meuse : Bar-le-Duc, au bois Juré et au bois de Massonges (Humbert), sur le calcaire portlandien.

Crepis pulchra L. — Meurthe : vignes de Pont-Saint-Vincent. Meuse : Bar-le-Duc (Humbert). Sur les calcaires oolithique et portlandien.

Hieracium pratense Tausch. — Vosges : Épinal et Gérardmer (Berher).

Hieracium albidum Vill. — Hautes Vosges : lac Blanc et lac Noir (Kirschléger), sur le granit.

Hieracium asperum Schleich. — Meuse : coteaux de Commercy (Briard), sur le calcaire corallien.

Ambrosiacées.

Xanthium strumarium L. — Meurthe : Varangéville (Briard).

Campanulacées.

Campanula rapunculoides L. — Vosges : Saint-Dié (abbé Boulay), sur la dolomie.

Campanula latifolia L. — Hautes Vosges : vers

le sommet du ballon de Giromagny, sur le versant nord (POURCHOT), sur le granit.

Campanula Rapunculus L. — Vosges : Saint-Dié (ABBÉ BOULAY), sur la dolomie.

Campanula patula L. — Meuse : Verdun (HUMBERT).

Campanula glomerata L. — Meurthe : coteaux entre Einvaux et Clayeures, sur les marnes irisées.

Campanula Cervicaria L. — Meuse : Bar-le-Duc, à la forêt de Massonges et de Voël (HUMBERT), sur le calcaire portlandien.

Specularia hybrida Alph. DC. — Meurthe : Lunéville (MUNIER). Moselle : Aube et Sanry-sur-Nied (Dr HUMBERT).

Phyteuma orbiculare L. — Moselle : Remilly (WARION), sur les marnes irisées. Meuse : Verdun, aux bois de Balaycourt et de Sommedieu (HUMBERT), sur le calcaire corallien.

Jasione perennis Lam. — Vosges : Épinal (GEURY), sur le grès bigarré.

Vacciniées.

Vaccinium Myrtillus L. — Moselle : Kœnigsmacker, sur le grès du lias, et Carling, sur le grès vosgien (ABBÉ BARBICHE). Meuse : Romagne-sous-Montfaucon (HUMBERT), sur les grès verts. Vosges : Saint-Dié (ABBÉ BOULAY), sur le grès vosgien; vallée de Cleurie (X. THIRIAT), sur le granit.

Vaccinium Vitis-idœa L. — Vosges : Saint-Dié (ABBÉ BOULAY), sur le grès vosgien ; vallée de Cleurie (X. THIRIAT), sur le granit.

Oxycoccus palustris Pers. — Moselle : tourbières de la vallée de la Bisten et surtout en aval de Creutzwald (ABBÉ BARBICHE), sur le grès. Vosges : vallée de Cleurie (X. THIRIAT), sur le granit.

ORDRE II. — GAMOPÉTALES HYPOGYNES.

Éricinées.

Andromeda polifolia L. — Vosges : Remiremont, à Sainte-Sabine (X. THIRIAT), sur le grès vosgien ; Retournemer, sur le granit.

Lentibulariées.

Pinguicula vulgaris L. — Hautes Vosges : commune dans les tourbières de Gérardmer et au lac Blanc (KIRSCHLÉGER), dans les terrains granitiques.

Utricularia vulgaris L. — Meurthe : mare près de Foug ; étang de Lindre, vers Tarquinpol (BRIARD). Meuse : Goussaincourt (MICHEL).

Utricularia intermedia Hayn. — Vosges : Remiremont (TOCQUAINE).

Utricularia minor L. — Moselle : Creutzwald (ABBÉ BARBICHE). Vosges : Épinal, à l'étang de Bouzey, Rambervillers (ABBÉ BOULAY) ; Vagney (PERRIN).

Primulacées.

Primula grandiflora Lam. — L'existence de cette plante, exclusivement dans les bois du coteau de Malzéville, était une anomalie. En 1874, nous l'avons trouvée plus loin et beaucoup plus commune dans les bois du coteau situé entre Bouxières-aux-Dames et Lay-Saint-Christophe, aussi sur le calcaire oolithique. On la retrouvera sans doute sur la rive droite de la Meurthe et de la Moselle, sur d'autres de ces coteaux isolés et séparés par ces rivières de notre chaîne jurassique.

Primula officinali-grandiflora Godr. — Meurthe : coteaux entre Bouxières-aux-Dames et Lay-Saint-Christophe, au milieu des parents.

Primula elatior Jacq. — Commune dans les vallées de la chaîne des Vosges, sur le granit.

Lysimachia nemorum L. — Moselle : Creutzwald (Dr Humbert), sur le grès vosgien. Vosges : Saint-Dié (abbé Boulay), sur le grès vosgien, et vallée de Cleurie (X. Thiriat), sur le granit.

Anagallis tenella L. — Meurthe : Raon-l'Étape (Demange et Cabasse), tourbières, sur le grès vosgien.

Samolus Valerandi L. — Meurthe : Rosières-aux-Salines et Hudiviller. Moselle : marais de Vittoncourt et de Faux-en-Forêt (Warion).

Oléacées.

Ligustrum vulgare L. — Vosges : Saint-Dié

(ABBÉ BOULAY), sur la dolomie. — A la forêt de Haye, près de Nancy, on trouve quelquefois cette plante à fleurs jaunâtres.

Fraxinus excelsior L. var. *β monophylla.* — Vosges : à la forêt de Darney (ZEILLER) et vallée de Cleurie (X. THIRIAT).

Gentianées.

Gentiana cruciata L. — Meurthe : Rosières-en-Haye (MAIRE, instituteur), Foug, au val de Passey. Moselle : coteaux de Ranguevaux et de Rosselange (ABBÉ BARBICHE). Meuse : Commercy (BRIARD), Bar-le-Duc, à Behonnes et à Savonnières (HUMBERT). Sur les calcaires oolithique, corallien et portlandien. Vosges : Laître, près de Saint-Dié (ABBÉ DIDIER), sur la dolomie.

Gentiana ciliata L. — Moselle : Moyeuvre, Rosselange, Ranguevaux, Fameck, Justemont (ABBÉ BARBICHE), sur les coteaux du calcaire oolithique ; Sierck (ABBÉ BARBICHE), sur le muschelkalk. Vosges : Saint-Dié (ABBÉ BOULAY), sur la dolomie.

Gentiana campestris L. — Vosges : Chaume du Rouge-Gazon près de Bussang (TOCQUAUD), sur le terrain de transition.

Gentiana germanica Willd. — Meurthe : Rosières-en-Haye (MAIRE, instituteur), Fontenoy-sur-Moselle. Moselle : Ranguevaux, Rosselange et Clouange (ABBÉ BARBICHE). Sur le calcaire oolithique.

Villarsia nymphoïdes Vent. Moselle : dans la rivière d'Orne, près de Moyeuvre (J. NICKLÈS), près de Jœuf et d'Homécourt (WARION), entre Vitry et Rombas (ABBÉ BARBICHE) ; les eaux de cette rivière sont calcaires. Meuse : dans l'étang de Bouconville (BRIARD).

Menyanthes trifoliata L. — Moselle : Thionville, au bois de Boust et à la forêt de Cattenom, vallée de Ranguevaux et vallée de la Bisten (ABBÉ BARBICHE). Vosges : Saint-Dié (ABBÉ BOULAY), Saint-Amé, aux étangs de Beaufaing et de Bémont (X. THIRIAT).

Cuscutacées.

Cuscuta Trifolii Bab. — Cette plante n'avait pas été observée en Lorraine avant 1843 ; elle est aujourd'hui extrêmement répandue dans les champs de trèfle. Elle commence par un point, forme un cercle dont la circonférence s'étend de plus en plus et, s'il y a plusieurs points d'origine dans le même champ, les cercles deviennent confluents et le trèfle peut être entièrement détruit. A été introduite avec des graines de trèfle.

Cuscuta densiflora Soy.-Willm. — Moselle : champs de lin à Remilly (Dr HUMBERT). Vosges : au Tholly (PERRIN), vallée de Cleurie (X. THIRIAT). Introduite avec les graines de lin de Riga.

Cuscuta suaveolens Ser. — Champs de luzerne. Meurthe : Nancy, Pont-à-Mousson, Roville. Moselle : environs de Metz, à Vittoncourt (Dr HUMBERT). Introduite du Chili avec de la graine de luzerne.

Borraginées.

Lithospermum purpureo-cœruleum L. — Meurthe : bois de Rosières-en-Haye (MAIRE, instituteur), Foug, aux fonds d'Hadrevaux, sur le calcaire oolithique. Moselle : Bazoncourt (Dr HUMBERT), sur les marnes irisées, Sierck (ABBÉ BARBICHE), sur le muschelkalk. Meuse : bois des environs de Bar-le-Duc (HUMBERT), sur le calcaire portlandien.

Pulmonaria officinalis L. — Moselle : bois des coteaux d'Arnaville, Onville, Bayonville, Rembercourt (TAILLEFERT) et de Jouy-aux-Arches (MONARD), sur le calcaire oolitique. Meuse : Commercy (BRIARD), Montmédy (Ph. PIERROT), sur le calcaire corallien.

Pulmonaria tuberosa Schranck, var. *latifolia.* — Meurthe : Foug, aux fonds d'Hadrevaux, où cette plante se trouve en société avec la précédente ; Pont-Saint-Vincent, au bois du Moulin ; bois de Gondreville (FLICHE). Moselle : Jouy-aux-Arches (MONARD), Arnaville, Bayonville, Rembercourt (TAILLEFERT), bois de Richemont, de Brousse, de Bertrange (WARION) ; commune dans les bois sur le lias et dans les vallons humides du calcaire oolithique.

Myosotis lingulata Lehm. — Moselle : Peltre (Dr HUMBERT), Thionville et Remilly (WARION).

Myosotis versicolor Pers. — Moselle : Metz, à la Grange-aux-Ormes et à Marly (TAILLEFERT), Saint-Avold (Dr HUMBERT). Vosges : vallée de Cleurie (X. THIRIAT). Sur l'alluvion siliceuse.

Heliotropium europæum L. — Moselle : commune dans la vallée de l'Orne, depuis Richemont jusqu'à Moyeuvre, et remonte sur le flanc des coteaux (ABBÉ BARBICHE), sur le calcaire oolithique.

Solanées.

Physalis Alkekengi L. — Meurthe : Rosières-en-Haye (MAIRE, instituteur), sur le calcaire oolithique. Meuse : Bar-le-Duc, aux bois de Fains (HUSSENOT), Varney, Dannevoux, Combres (HUMBERT), Goussaincourt (MICHEL), sur le calcaire corallien et le néocomien.

Atropa Belladona L. — Meurthe : Foug, aux fonds d'Hadrevaux. Moselle : dans toute la grande forêt qui s'étend de Hayange à Moyeuvre, Marange et Pierrevillers (ABBÉ BARBICHE). Meuse : Bar-le-Duc, au bois de Savonnières et au bois Juré (HUMBERT), bois de Commercy (BRIARD), Goussaincourt (MICHEL). Vosges : forêts de la chaîne, où il est assez répandu.

Verbascées.

Verbascum thapsiforme Schrad. var. *flore albo.* — Meurthe : sablonnières de Champigneulles.

Verbascum floccosum W. et Kit. — Moselle : sur la rive droite de la Moselle au delà d'Apach, près de Sierck, sur l'alluvion siliceuse (ABBÉ BARBICHE). Vosges : Saint-Amé (BERHER), sur l'alluvion vosgienne.

Verbascum Lychnitis L. — Meurthe : côte de Dieulouard. Moselle : Vitry et Moyeuvre (ABBÉ BARBICHE). Sur le calcaire oolithique. Vosges : vallée de Saint-Dié (ABBÉ BOULAY), sur l'alluvion vosgienne, Remiremont, au Saint-Mont et à Saint-Étienne (X. THIRIAT), sur le granit.

Verbascum Blattaria L. — Vosges : verrerie de Portieux (FLICHE).

Scrophularinées.

Gratiola officinalis L. — Meurthe : Minorville (MAIRE, instituteur). Moselle : Conflans, Sierck (WARION). Meuse : Richecourt (HUMBERT).

Linaria striata DC. — Meurthe : Nancy, à la prairie de Tomblaine (ZEILLER), sur le diluvium siliceux ; Pont-Saint-Vincent, sur le plateau de Sainte-Barbe (Dr HUMBERT), sur le calcaire oolithique. Meuse : Bar-le-Duc, à Mouilly (HUMBERT), sur le calcaire portlandien. Vosges : vallée de Cleurie (X. THIRIAT), sur le granit. — M. Briard a trouvé au bois de Bussy, près de Commercy, une variété à fleurs blanches non striées.

Linaria striato-vulgaris Nob. (L. striata β, grandiflora Soy.-Willm). — Meurthe : Nancy, au Champ-le-Bœuf. Meuse : Commercy, à la côte de Bussy (BRIARD). — Cette plante, qui se rencontre toujours au milieu des parents, est un hybride, comme je le soupçonnais dès 1857. Je m'en suis assuré, du reste, par l'expérimentation directe en fécondant artificiellement le *L. vulgaris* par le pollen du *L. striata*. Il s'est montré stérile dans mon jardin pendant douze ans, où il était isolé ; mais il est devenu fécond au Jardin des plantes, où il se trouvait en société avec ses parents, et a produit des formes nombreuses et des retours à l'un et à l'autre de ses ascendants.

Linaria minor Berf. — Meurthe : commune sur les coteaux jurassiques ; il descend dans les îles de la Moselle à Messein et à Pont-Saint-Vincent, et s'y propage. Vosges : Saint-Dié (ABBÉ BOULAY), sur la dolomie.

Linaria Elatine Mill. — Vosges : Saint-Dié (ABBÉ BOULAY), sur la dolomie.

Linaria Cymbalaria Mill. — Meurthe : Maxéville, sur les murs bordant le ruisseau, au-dessous du village ; Saint-Nicolas-de-Port, sur les murs de la ferme de la Madeleine. Moselle : Metz, sur les coteaux de Lessy et de Lorry (*Soc. d'hist. nat. de la Moselle*, cah. 10, p. 10). Vosges : près de Saint-Dié (LECOMTE), entre le Thillot et Saint-Maurice (PERRIN).

Veronica montana L. — Moselle : Thionville, aux bois d'Illange et de Florange, entre Fontoy et Angevillers (ABBÉ BARBICHE). Meuse : Bar-le-Duc, au bois de Massonges (Humbert), bois Labarre, près de Laimont (Hussenot). Vosges : Rochesson (Berher). Sur tous les terrains.

Veronica saxatilis Jacq. — Hautes Vosges : escarpements du ballon de Servance (Perrin), commune dans les montagnes entre Saint-Amé et Gérardmer. Sur le granit.

Veronica serpillifolia L. var. β borealis Læstad. (*V. alpina Kirchl.*, *Fl. Alsace,* t. III, p. 369, *non L.*) — Grappe spiciforme pauciflore; capsules pubescentes ; feuilles opposées dont les paires sont également écartées. — Hautes Vosges : Hohneck, sur les Spitzekopf (Perrin), sur le granit.

Veronica acinifolia L. — Meuse : Bar-le-Duc, à Varney (Humbert).

Veronica verna L. — Remiremont, sur les alluvions de la Moselle (Gauvain).

Veronica præcox All. — Moselle : champs entre Courcelles et Remilly, Sanry-sur-Nied (Dr Humbert), sur les marnes irisées.

Veronica persica Poir. — Moselle : Sanry-sur-Nied, sur les marnes irisées, forêt de Creutzwald, sur le grès vosgien (Dr Humbert). Meuse : Commercy (Briard), sur les alluvions de la Meuse.

Pedicularis palustris L. — Meurthe : Messein (Dr Humbert), sur l'alluvion de la Moselle. Vosges : Saint-Dié (abbé Boulay), sur le grès vosgien.

Pedicularis sylvatica L. — Meuse : Bar-le-Duc, au bois de la Bergerie et à Lissey (HUMBERT).

Melampyrum arvense L. var. *α genuinum.* — Meurthe : coteaux de Varangéville et au-dessous du piton d'Essey-la-Côte, sur les marnes irisées. Meuse : Verdun, Bar-le-Duc (HUMBERT), sur les calcaires corallien et portlandien. Vosges : Saint-Dié (ABBÉ BOULAY), sur la dolomie. — Var. *β impunctatum Godr.* Moselle : Peltre et Mercy-le-Haut (ABBÉ BARBICHE), sur le lias.

Melampyrum sylvaticum L. — Vosges : lac Blanc (ZEILLER), ballon de Giromagny (POURCHOT), Bouvacôte (X. THIRIAT), sur le granit.

Orobanchées.

Orobanche Medicaginis Fr. Schultz. — Meurthe : Malzéville (BRIARD), sur le calcaire oolithique.

Phelipæa cærulea C. A. Mey. — Meurthe : côte de Foug (MAIRE, instituteur). Moselle : Metz, à la côte de Plappeville (Dr HUMBERT). Sur le calcaire oolithique. Vosges : Saint-Dié (ABBÉ BOULAY), sur la dolomie.

Phelipæa ramosa C. A. Mey. — Meurthe : très-commune dans le département de la Meurthe, partout où l'on y cultive le *Nicotiana Tabacum L.*

Lathræa squammaria L. — Moselle : au fond de la vallée de Mance (DE MARCILLY), sur le calcaire oolithique. Vosges : Cornimont, sur les racines du houx et vallée de Bèle, près de Saint-Maurice (PERRIN), Remiremont, à la forêt de Fossard (ZEILLER), sur le granit.

Labiées.

Mentha viridis L. — Vosges : Épinal (BERHER), Mirecourt (REUSS).

Mentha arvensi-rotundifolia Schultz, in Grundzüge, p. 104, et *Supplément,* p. 134. — Moselle : à mi-côte au-dessus de Clouange.

Hyssopus officinalis L. — Moselle : ruines du château de Rodemack (WARION). Meuse : Bar-le-Duc, à Savonnières (HUMBERT). Plante naturalisée.

Calamintha officinalis Mœnch. — Meuse : bois des environs de Bar-le-Duc (HUSSENOT), sur le calcaire portlandien.

Calamintha Acinos Clairv. — Vosges : Saint-Dié (ABBÉ BOULAY), sur la dolomie.

Salvia pratensis L. var. *flore roseo.* — Meurthe : bord des chemins près de Foug.

Salvia verticillata L. — Meuse : Montmédy, à la gare du chemin de fer (Ph. PIERROT). Vosges : Remiremont (PERRIN). Plante adventive.

Nepeta Cataria L. — Meurthe : Lay-Saint-Christophe (A. GRANDVILLE), Moncel (MUNIER). Moselle : Gorze (Dr HUMBERT). Meuse : Commercy, à Vignot (BRIARD). Plante naturalisée.

Lamium hybridum Vill. — Meurthe : vignes de

Maxéville. Moselle : vignes de Corny (MONARD). Sur le calcaire oolithique.

Leonurus Cardiaca L. — Meurthe : Lay-Saint-Christophe (Dr HUMBERT), Blénod-lès-Pont-à-Mousson (MAIRE, instituteur). Moselle : Metz, à la vallée de Mance (BRIARD). Meuse : Brixey (MICHEL), Commercy, à Bussy-la-Côte (HUMBERT). Plante naturalisée.

Leonurus Marrubiastrum L. — Meurthe : Nancy, aux Grands-Moulins (Dr HUMBERT). Plante naturalisée.

Galeopsis dubia Leers. — Moselle : Creutzwald (ABBÉ BARBICHE). Vosges : Saint-Dié (ABBÉ BOULAY). Sur le grès vosgien. Remiremont et toutes les vallées granitiques des Vosges.

Nota. Je n'ai trouvé la variété à fleurs purpurines que là où cette plante est en société avec le *G. angustifolia Ehrh.*, c'est-à-dire à Flavigny, sur les sables de la Moselle, à Rosières-aux-Salines et à Lunéville, sur le diluvium siliceux. Ces fleurs sont fréquentées de jour par les bourdons, et au crépuscule par le *Macroglossa Stellatarum L.* Son stigmate antérieur, plus long que l'autre, se courbe en avant et paraît recevoir seul le pollen; il est admirablement disposé pour être frotté par la partie supérieure de la tête des insectes qui s'introduisent dans la fleur. J'ai semé les deux formes dans mon jardin, à l'automne de

1873, à côté l'une de l'autre, et le nombre des graines de la variété purpurine était prépondérant. Je n'ai obtenu qu'un seul pied à fleurs purpurines, mais petites ; les autres pieds ont donné des fleurs qui varient beaucoup de grandeur, et le jaune y domine ; mais la couleur purpurine laisse sur beaucoup d'entre elles, à la base de la lèvre inférieure, tantôt de simples traces, tantôt des macules plus ou moins étendues. En un mot, toutes les formes intermédiaires se montrent dans mes semis ; mais c'est à la forme à fleurs jaunes que les intermédiaires ont de la tendance à revenir. Il est donc probable que la variété à fleurs purpurines est un hybride. M. James Lloyd (*Fl. de l'Ouest*, in-18, 1868, p. 390) affirme qu'il n'est pas toujours possible de distinguer la variété à fleurs purpurines du *G. dubia*, du *G. angustifolia*.

Stachys germanica L. — Meurthe : Trondes (Maire, instituteur), Fontenoy-sur-Moselle, sur le calcaire oolithique. Moselle : entre Remilly et Béchy (Dr Humbert), sur les marnes irisées, Rohrbach-lès-Bitche, Wolmunster et Schweyen (abbé Barbiche), sur le muschelkalk.

Stachys alpina L. — Meurthe : Foug, aux Fonds d'Hadrevaux, sur le calcaire oolithique. Moselle Metz, à la vallée de Mance, toutes les forêts entre Hayange, Moyeuvre et Briey, sur le calcaire oolithique ; Bitche, à Frohmühl, sur le muschelkalk (abbé Barbiche).

Stachys palustri-sylvatica Schiede, Pl. hybr., p. 43. — Tient à la fois par ses caractères des *Stachys palustris* et *sylvatica*. Il se distingue du premier par ses corolles d'un rouge plus foncé, à tube exserte, mais surtout par ses feuilles pétiolées, plus larges, en cœur à la base, plus fortement dentées, lancéolées, acuminées. Il se sépare du second par ses corolles moins foncées, par ses feuilles moins longuement pétiolées, bien plus étroites et plus longues proportionnément, lancéolées et non largement ovales en cœur. — Meurthe : Malzéville (1840), Rosières-aux-Salines (1837), au-dessous de Vandœuvre (1872) (Dr HUMBERT).

Scutellaria galericulata L. — Meurthe : îles de la Moselle, à Messein et Pont-Saint-Vincent. Moselle : Richemont, Vitry, Clouange, Sierck, à la vallée de Montenach (ABBÉ BARBICHE). Meuse : environs de Bar-le-Duc et de Verdun (HUMBERT).

Scutellaria minor L. — Moselle : Creutzwald et toute la vallée de la Bisten (ABBÉ BARBICHE), sur le grès vosgien. Vosges : vallée de Saint-Dié (ABBÉ BOULAY), sur le grès vosgien ; vallée de Cleurie (X. THIRIAT), sur le granit.

Brunella alba Pall. — Meurthe : Pont-Saint-Vincent, sur le plateau de Sainte-Barbe (Dr HUMBERT), Foug, au val de Passey, sur le calcaire oolithique. Moselle : côte Saint-Michel et Ranguevaux (ABBÉ BARBICHE), sur le calcaire oolithique ; Sierck, sur le muscnelkalk. Vosges : Saint-Dié (ABBÉ BOULAY), sur la dolomie.

Brunella grandiflora Jacq. — Meuse : Bar-le-Duc, à Savonnières (HUMBERT), sur le calcaire portlandien.

Teucrium Scordium L. — Meurthe : Rosières-en-Haye (MAIRE, instituteur). Moselle : Metz, à Chambière et à Maizières (MONARD).

Teucrium Botrys L. — Vosges : Saint-Dié (ABBÉ BOULAY), sur la dolomie.

Teucrium montanum L. — Meurthe : Rosières-en-Haye (MAIRE, instituteur), sur le calcaire oolithique. Meuse : Damvillers (HUMBERT), sur l'oxfordien.

Globulariées.

Globularia vulgaris L. — Meurthe : Rosières-en-Haye (MAIRE, instituteur), coteaux de Fontenoy-sur-Moselle, sur le calcaire oolithique. Moselle : côte d'Ancy (BRIARD), sur le calcaire oolithique. Sierck (ABBÉ BARBICHE), sur le muschelkalk. Meuse : Goussaincourt (MICHEL), sur le calcaire corallien.

Plantaginées.

Littorella lacustris L. — Vosges : Remiremont, a l'étang des Prêtres (ZEILLER), sur le granit ; Plombières (TOCQUAINE), sur le grès vosgien ; Bains (CHAPELLIER), sur le grès bigarré.

CLASSE III. — APÉTALES.

ORDRE I. — APÉTALES NON AMENTACÉES.

Amarantacées.

Amarantus retroflexus L. — Meurthe : sur les talus du chemin de fer, de Nancy à Frouard (Briard). Moselle : Saint-Avold (Dr Humbert). Plante adventive.

Polycnemum arvense L. — Meurthe : Liverdun. Moselle : sur les coteaux de Novéant, Corny, Lessy et Arry (Monard), Waville-sur-le-Rupt-de-Mad (Calmeil), Clouange, Vitry et Justemont (abbé Barbiche). Sur le calcaire oolithique.

Polycnemum majus Alex. Braun. — Se distingue du précédent par sa taille plus robuste, ses bractées plus longues que le périgone, ses fruits du double plus gros. — Moselle : Metz, à Châtel-Saint-Germain (Warion), sur le calcaire oolithique.

Salsolacées.

Salicornia herbacea L. — Moselle : prairies de Remilly, d'Arraincourt (Warion), et d'Aubécourt (Dr Humbert), sur les marnes irisées salifères.

Nota. M. Duval-Jouve (*Bull. Soc. bot. de France,* t. XV, p. 176) pense qu'il y a en France deux espèces confondues, et il nomme la nôtre, dont je lui ai envoyé des échantillons vivants recueillis à Vic, *Salicornia Emerici*.

Blitum rubrum Rchb. — Moselle : Thionville et Sierck (ABBÉ FRIREN), Remilly et Sarralbe (WARION).

Atriplex hastata L. var. *γ salina Wallr.* — Moselle : Remilly, Salzbron, Aubécourt et Basse-Kontz près de Sierck (WARION), sur les marnes irisées salifères.

Polygonées.

Rumex maritimus L. — Meurthe : Dieulouard, Troussey et Pagny-sur-Meuse (MAIRE, instituteur). Moselle : Thionville, dans les fossés des fortifications (ABBÉ BARBICHE), Sierck (ABBÉ FRIREN). Vosges : Mirecourt, aux bords du Madon (REUSS).

Rumex palustris Sm. — Vosges : marais près d'Épinal (BERHER).

Rumex pratensis M. et K. — Vosges : val de Saint-Dié (ABBÉ BOULAY), sur l'alluvion siliceuse.

Rumex scutatus L. — Meuse : coteaux de Bar-le-Duc (HUMBERT), sur le calcaire portlandien.

Rumex Acetosella L. — Est exclusif aux terrains siliceux.

Polygonum mite Schrank, var. *α genuinum.* — Meuse : Bar-le-Duc (HUMBERT). Vosges : vallée de Cleurie (X. THIRIAT). — Var. *β pusillum Godr.* Moselle : Pommerieux et Lemud (Dr HUMBERT).

Daphnoïdées.

Daphne Laureola L. — Meurthe : bois de Rosières-en-Haye (MAIRE, instituteur), bois de Bouxières-aux-Dames et de Lay-Saint-Christophe, sur le calcaire oolithique.

Stellera Passerina L. — Meurthe : vallon de Bouxières-aux-Dames (Briard), Troussey (Maire, instituteur), sur le calcaire oolithique. Moselle : Kédange (Dr Humbert), sur les marnes irisées. Meuse : Bar-le-Duc (Humbert), sur le calcaire portlandien. Vosges : Mirecourt (Reuss), sur les marnes irisées.

Santalacées.

Thesium pratense Ehrh. — Vosges : Remiremont (Zeiller), vallée de Cleurie (X. Thiriat), sur le granit.

Thesium montanum Ehrh., var. *β intermedium.* — Moselle : Bitche (Schultz), sur le grès vosgien.

Thesium humifusum DC. — Meurthe : Rosières-en-Haye (Maire, instituteur), Choloy, au val de Passey, Fontenoy-sur-Moselle, sur le calcaire oolithique. Moselle : Metz, au mont Saint-Quentin (abbé Barbiche), côte d'Ancy-sur-Moselle (Briard), sur le calcaire oolithique. Meuse : Bar-le-Duc, à Savonnières et à Maëstricht (Hussenot), sur le calcaire portlandien.

Aristolochiées.

Aristolochia Clematitis L. — Meurthe : Dommartin-la-Chaussée (Humbert), sur le calcaire oolithique.

Asarum europæum L. — Meurthe : bois de Rosières-en-Haye et Trondes (CH. et J. MAIRE, instituteurs), sur le calcaire oolithique. Meuse : Bar-le-Duc, à Behonne (DESMOJAT), sur le calcaire portlandien. Vosges : Remiremont, à Saint-Étienne dans le vallon de Germainxart, le Tholy au Sapenay (X. THIRIAT), sur le granit.

Euphorbiacées.

Euphorbia stricta L. — Moselle : Thionville, Budange, Richemont, Vitry, Hayange, Briey, Sierck à Apach (ABBÉ BARBICHE). Meuse : Bar-le-Duc (HUMBERT). Sur tous les terrains.

Euphorbia dulcis L. — N'est pas rare dans la chaîne des Vosges, sur le granit et les grès.

Euphorbia palustris L. — Moselle : bords de cette rivière à Thionville (ABBÉ BARBICHE), et de la Nied à Remilly (Dr HUMBERT).

Euphorbia Gerardiana Jacq. — Moselle : Jœuf, Vitry, Justemont, Budange et Fameck (ABBÉ BARBICHE), sur le calcaire oolithique.

Euphorbia amygdaloïdes L. — Meuse : Bar-le-Duc, au bois Juré (HUMBERT), sur le calcaire portlandien. Vosges : Remiremont, à Sainte-Sabine, à Vagney (ABBÉ BOULAY), sur le granit.

Euphorbia Esula L. — Toute la vallée de la Moselle depuis Liverdun jusqu'à Sierck, et toute la vallée de l'Orne depuis Richemont jusqu'à Moyeuvre. Meuse : Bar-le-Duc, le long du canal (HUMBERT).

Euphorbia Lathyris L. — Meurthe : Nancy, aux fonds de Toul, dans le bois au-dessus de la Malpierre (Dr HUMBERT). Moselle : vignes de Marange (BERTRAND). Plante adventive.

Buxus sempervirens L. — Moselle : coteau près de Sierck, où il forme un petit bois (ABBÉ BARBICHE), sur le muschelkalk. Meuse : coteaux autour de Montmédy et Stenay (PH. PIERROT), sur le calcaire corallien.

Nota. On pourrait croire que le buis fut très-répandu autrefois sur les coteaux calcaires de la Lorraine, à raison des noms qu'y portent un certain nombre de localités, par exemple : Bouxières-aux-Dames, Bouxières-aux-Chênes, Bouxières-sous-Froidmont, Bouxières-au-Mont (Meurthe), Bouxières-aux-Bois (Vosges), Buxières (Moselle) et Buxières (Meuse). Ces noms ont pour origine : *Buxiacum,* forme celtique ; *Buxetum,* forme latine ; *Busseriæ* ou *Buxeriæ,* formes romanes. Or, tous ces mots désignent un lieu couvert de bois et non couvert de buis. (Conf. A. Houzé, *Étude sur la signification des noms de lieux en France ;* Paris, 1864, in-8°, p. 115.)

Hippuridées.

Hippuris vulgaris L. — Moselle : Vittoncourt (WARION), Lemud et Bazoncourt sur la Nied (Dr HUMBERT), Homécourt, sur les bords de l'Orne (ABBÉ BARBICHE).

Urticées.

Parietaria erecta M. et K. — Meurthe : Nancy, à Beauregard, au pied d'un mur (Dr HUMBERT). Vosges : Épinal (CHAPELLIER) et Cornimont (PERRIN).

Parietaria diffusa M. et K. — Meurthe : Rosières-en-Haye (MAIRE, instituteur). Moselle : Metz, au pont de Moulins (BRIARD), Vitry, sur les murs du presbytère (ABBÉ BARBICHE). Meuse : Bar-le-Duc et Verdun (HUMBERT).

Ulmacées.

Ulmus effusa Wild. — Meuse : commun dans la forêt d'Argonne et au bois de Dieulet près de Stenay (FLICHE).

Cupulifères.

Fagus sylvatica L. — La forme à feuilles très-fortement dentées se trouve dans les bois des environs de Montmédy (FLICHE).

Salicinées.

Salix nigricans Sm. — Chatons naissant un peu avant les feuilles, brièvement pédonculés et feuillés à la base. Les mâles ovoïdes, denses, à écailles poilues, à deux étamines glabres et à anthères d'un vert fauve. Chatons femelles allongés, à la fin très-lâches, à écailles poilues ; capsule ovoïde allongée et acuminée, glabre ou tomenteuse, longuement pédicellée, à pédicelle égalant trois à quatre fois la longueur de la glande ; style très-long ; stigmates émarginés ou bifides. Feuilles ovales, oblongues, elliptiques ou lancéolées et parfois arrondies ou obovées, ondulées-dentées et rarement entières, d'un vert foncé, d'abord velues-pubescentes, puis glabrescentes en dessus, tomenteuses sur la nervure médiane, plus pâles et cendrées en dessous et plus ou moins velues, très-finement ponctuées, munies de nervures un peu saillantes et anastomosées en réseau, noircissant par la dessiccation et d'autant plus qu'elles sont plus jeunes; stipules réniformes. Tige de 1 à 3 mètres, à rameaux jeunes pubescents. — Hautes Vosges : au-dessus de Retournemer, dans la forêt du Chitelet (FLICHE), forêt de Vagney (PERRIN), sur le granit.

CLASSE IV. — GYMNOSPERMES.

Abiétinées.

Pinus uncinata Ram. — Chatons mâles ovales, formant une grappe compacte, composée, terminale. Chatons femelles sessiles, étalés ou pendants, solitaires, géminés ou ternés, devenant à la maturité des cônes ovoïdes ou ovoïdes-coniques, obtus, obliques à la base et pourvus d'écailles persistantes, épaissies au sommet en écusson saillant, pyramidal, réfléchi. Graines munies d'une aile membraneuse et deux ou trois fois plus longue qu'elles. Feuilles géminées dans une gaîne courte, raides, persistantes, presque piquantes, allongées, vertes. Arbre très-rameux; rameaux très-flexibles; écorce d'un gris-brun uniforme ; le bois est blanc, à peine rougeâtre au centre et à grain fin, doux et assez homogène ; ses accroissements sont minces et il est pauvre en résine. — Commun dans les hautes Vosges, où il a été si longtemps méconnu : tourbière d'au moins 60 hectares qui recouvre la moraine frontale du Béliard, à laquelle le lac de Gérardmer doit sa formation ; disséminé sur le Gazon-Martin et au col du Charbonnier, sur le Schneeberg (MATHIEU, 1862), près de Remiremont dans les tourbières de la forêt de Fossard, à Puréfain et Grismouton (ZEILLER). Juin-juillet.

Cupressinées.

Juniperus communis L. — Meurthe : Trondes (MAIRE, instituteur), val de Passey près de Foug, sur le calcaire oolithique. Vosges : Remiremont (ZEILLER), à Gérardmer au Béliard (FLICHE), commun dans la vallée de Cleurie (X. THIRIAT), sur le granit.

MONOCOTYLÉDONES.

CLASSE I. — CORONARIÉES.

ORDRE I. — SUPEROVARIÉES.

Alismacées.

Alisma natans L. — Il faut supprimer la localité de la vallée de la Mortagne.

Sagittaria sagittæfolia L. var. β *valisneriifolia.* — Meuse : Verdun (HUMBERT).

Juncaginées.

Scheuchzeria palustris L. — Hautes Vosges : à Tanaches, hautes chaumes de Péris et lac de Blanchemer (KIRSCHLÉGER) ; près d'Épinal, à l'étang de Brezey (BERHER).

Triglochin palustre L. — Meurthe : à l'étang de Moncel (IDOUX). Moselle : Metz, à Magny (ABBÉ BARBICHE), Vittoncourt (MONARD et TAILLEFERT), Sierck, saline de Salzbronn (WARION). Vosges : Neufchâteau (REUSS).

Triglochin maritimum L. — Moselle : Basse-Kontz près de Sierck, Remilly, Arraincourt (WARION), Aubécourt (Dr HUMBERT), sur les marnes irisées salifères.

Colchicacées.

Colchicum autumnale L. var. *vernalis.* — Cette floraison exceptionnelle a lieu en février ou mars. Meuse : Balaicourt près de Verdun (HUMBERT).

Liliacées.

Muscari comosum Mill. — Meurthe : Nancy, au Champ-le-Bœuf. Vosges : cultures à Saint-Amé (LECOMTE) et Julienrupt (X. THIRIAT). Probablement adventive.

Muscari neglectum Guss. — Meurthe : Pagney-derrière-Barine (MAIRE, instituteur). Moselle : près de Metz (MONARD).

Muscari botryoïdes DC. — Moselle : coteau d'Arnaville (MONARD), sur le calcaire oolithique.

Allium rotundum L. — Meurthe : abondant sur les berges du canal, entre Liverdun et Fontenoy-sur-Moselle (BRIARD), sur le calcaire oolithique.

Ornithogalum sulphureum R. et Sch. — Moselle : Metz, au bois de Mercy-le-Haut (ABBÉ BARBICHE) et Aube (Dr HUMBERT), sur le lias. Meuse : Bar-le-Duc, à Savonnières (HUMBERT), sur le calcaire portlandien.

Ornithogalum nutans L. — Fleurs en grappe unilatérale, penchées au moment de l'anthèse, puis réfléchies ; pédoncules trois ou quatre fois plus courtes que les bractées ; celles-ci scarieuses, concaves, ovales-lancéolées. Périgone à divisions oblongues, vertes sur le dos, blanches sur les bords et sur la face supérieure. Capsule ovoïde-trigone. Graines noires, rugueuses. Feuilles lancéolées-linéaires, canaliculées, égalant presque la hampe. Celle-ci droite, dressée, simple. Bulbe ovoïde. — Vosges : près de Saint-Dié (LECOMTE), sur la dolomie.

Ornithogalum umbellatum L. — Vosges : Vagney (PERRIN), prairies à Cremanvillers (X. THIRIAT), sur le granit ; Bains (ABBÉ JOLIVALD), sur le grès bigarré.

Gagea lutea Schultes. — Meurthe : Lunéville, à la forêt de Vitrimont (ZEILLER), sur le diluvium siliceux.

Anthericum Liliago L. — Moselle : Bayonville, sur le calcaire oolithique.

Anthericum ramosum L. — Meurthe : Rosières-en-Haye (MAIRE, instituteur), val de Passey près de Foug, sur le calcaire oolithique. Meuse : Bar-le-Duc, à la forêt de Massonge (HUSSENOT), sur le calcaire portlandien ; Goussaincourt près de Vaucouleurs (MICHEL), sur le calcaire corallien. Vosges : Neufchâteau (REUSS), sur le calcaire corallien.

Asparaginées

Convallaria majalis L. var. *floribus roseis.* — Meurthe : bois de Natron près de Jaillon (MAIRE, instituteur), sur le calcaire oolithique.

Maianthemum bifolium DC. — Moselle : Thionville, au bois d'Illange (BOX), sur le lias. Meuse : Bar-le-Duc, aux bois de Fains et de Varney (HUMBERT), sur le calcaire portlandien. Vosges : forêt d'Épinal (ZEILLER), et Bains (ABBÉ JOLIVALD), sur le grès vosgien ; Mirecourt, à la forêt de Ravenelle (FLICHE), sur les marnes irisées ; vallée de Cleurie (X. THIRIAT), sur le granit.

Ruscus aculeatus L. — Meuse : c'est sur les sables verts que cette plante croît à Mognéville, près de Bar-le-Duc. Vosges : elle est douteuse à Neufchâteau et M. Zeiller l'a cherchée en vain à Bugnéville.

Joncées.

Juncus filiformis L. — Hautes Vosges : bords du lac de Lispach, sur la tourbe.

Juncus Gerardi Lois. — Moselle : saline de Salzbron et à Remilly (WARION), sur les marnes irisées salifères.

Juncus obtusiflorus Ehrh. — Moselle : Vittoncourt et Faux-en-Forêt (WARION). Meuse : Verdun, au bois de Tavanne (HUMBERT).

ORDRE II. — INFEROVARIÉES.

Dioscorées.

Tamus communis L. — Meurthe : Trondes (MAIRE, instituteur), sur le calcaire oolithique. Moselle : Hayange (CRETON), côte Saint-Michel, Justemont, Moyeuvre, Rombas, Pierrevillers (ABBÉ BARBICHE), sur le calcaire oolithique. Meuse : Bar-le-Duc, au bois de Maëstricht (HUSSENOT), sur le calcaire portlandien.

Orchidées.

Orchis ustulata L. — Meurthe : Nancy, vers le haut du vallon de Boudonville en allant à la ferme Dumont (ZEILLER), sur le calcaire oolithique.

Orchis fusca Jacq. — Moselle : Thionville, à la côte Saint-Michel et bois de Clouange (ABBÉ BARBICHE), sur le calcaire oolithique ; Sierck, au bois de Rethel (ABBÉ FRIREN), sur le muschelkalk. Meuse : Bar-le-Duc, à Varney (HUMBERT), sur le calcaire portlandien. Vosges : Rambervillers, aux Croix-Ferry (ABBÉ BOULAY), sur le muschelkalk.

Orchis cinerea Schranck. — Meurthe : Chavigny (Dr HUMBERT), sur le calcaire oolithique. Moselle : bois de Clouange (ABBÉ BARBICHE), sur le calcaire oolithique ; bois de Rethel (ABBÉ FRIREN), sur le muschelkalk. Meuse : Bar-le-Duc, aux bois Juré, de Savonnières, de Maëstricht (HUMBERT), de Varney (HUSSENOT), sur le calcaire portlandien. Vosges : Domremy-la-Pucelle, sur le calcaire corallien.

Orchis Simia Lam. — Meuse : Bar-le-Duc, au bois de Varney (HUMBERT), sur le calcaire portlandien.

Orchis coriophora L. — Meuse : Bar-le-Duc, à Savonnières, sur le calcaire portlandien.

Orchis Morio L. — Meurthe : prés entre Laneuveville et Fléville (Dr HUMBERT), sur le diluvium siliceux, commun à Badonvillers et à Baccarat (ZEILLER), sur le grès vosgien. Moselle : Thionville, Hettange-la-Grande, sur le grès infraliasique (WARION). Vosges : Saint-Dié (ZEILLER), sur le grès vosgien ; vallée de Cleurie (X. THIRIAT), sur le granit.

Orchis maculata L. — Hautes Vosges : au lac Vert (ZEILLER), sur le granit.

Orchis latifolia L. — Moselle : près des bords de la Nied, entre Courcelles et Remilly (Dr HUMBERT), sur les marnes irisées ; Uckange, Vitry et Clouange (ABBÉ BARBICHE), sur le gravier oolithique. Vosges : vallée de Cleurie (X. THIRIAT), sur le granit.

Orchis incarnata L. — Meurthe : bords de l'étang de Champigneulles (Zeiller). Moselle : tourbières de Vittoncourt (Dr Humbert), vallée de Ranguevaux (abbé Barbiche). Vosges : Le Tholy (Gauvain).

Orchis bifolia L. — Vosges : Saint-Dié (abbé Boulay), sur le diluvium siliceux.

Orchis virescens Zollik. — Hautes Vosges : contreforts du ballon de Servance (Perrin).

Orchis conopsea L. — Moselle : coteaux de la vallée de Ranguevaux (abbé Barbiche), sur le calcaire oolithique ; Sierck, aux bois de Rethel, d'Apach et de Montenach (abbé Friren), sur le muschelkalk. Vosges : Rambervillers (abbé Boulay), sur le muschelkalk.

Orchis viridis Sw. — Meurthe : Baccarat (Zeiller), sur le grès vosgien.

Orchis albida Scop. — Vosges : Remiremont, près de Sainte-Sabine (abbé Boulay), sur le granit.

Orchis pyramidalis L. — Meurthe : Rosières-en-Haye (Maire, instituteur), sur le calcaire oolithique. Moselle : Sierck, au bois de Rethel (abbé Friren), sur le muschelkalk. Meuse : Bar-le-Duc, à Massonge (Humbert), sur le calcaire portlandien.

Herminium clandestinum G. et G. — Meuse : Bar-le-Duc, à Varney et à Fains (Humbert), à Massonges (Hussenot), sur le calcaire portlandien.

Aceras anthropophora R. Br. — Meurthe : Chavigny (Dr Humbert), sur le calcaire oolithique. Moselle : Sierck (abbé Barbiche), sur le muschelkalk.

Ophrys myodes Jacq. — Moselle : Sierck, au bois de Rethel (abbé Barbiche), sur le muschelkalk. Meuse : Bar-le-Duc, aux bois Juré, de Massonges et de Maëstricht (Humbert), sur le calcaire portlandien. Vosges : Domremy-la-Pucelle, sur le calcaire corallien.

Ophrys arachnites Reichard. — Meurthe : val de Passey, près de Foug, sur le calcaire oolithique. Moselle : Sierck, au bois de Rethel (abbé Friren), sur le muschelkalk. Meuse : Bar-le-Duc, à Massonges et à Fains (Humbert), sur le calcaire portlandien. Vosges : Saint-Dié (abbé Boulay), sur la dolomie ; Mirecourt, à Ahéville (Reuss).

Ophrys apifera Huds. — Meurthe : bords du canal entre Maxéville et Champigneulles (Zeiller), sur le gravier calcaire. Moselle : mont Saint-Quentin (Dr Humbert), sur le calcaire oolithique ; Sierck, au bois de Rethel, d'Apach et de Montenach (abbé Friren), sur le muschelkalk. Meuse : Bar-le-Duc, à Grimontbois et Massonges (Humbert), sur le calcaire portlandien.

Spiranthes autumnalis Rich. — Vosges : Étival, sur le grès bigarré, et Coinches, sur le grès vosgien (Demange) ; Plombières (Em. Gallé), sur le grès bigarré ; vallée de Cleurie (X. Thiriat), sur le granit.

Goodyera repens R. Br. — Vosges : Coinches (DEMANGE), sur le grès vosgien ; Cornimont (CLÉMENT), sur le granit.

Neottia Nidus-avis Rich. — Meurthe : Rosières-en-Haye (MAIRE, instituteur), sur le calcaire oolithique. Moselle : Sierck, aux bois de Rethel, d'Apach et de Montenach (ABBÉ FRIREN), sur le muschelkalk. Meuse : Bar-le-Duc, au bois de Fains (HUMBERT), sur le calcaire portlandien ; Commercy (BRIARD), sur le calcaire corallien. Vosges : Saint-Dié (ABBÉ BOULAY), sur le diluvium siliceux. Cette plante se trouve dans les bois de hêtres (FLICHE).

Listera cordata R. Br. — Hautes Vosges : Gérardmer (FLICHE), vallon de Lispach (KIRSCHLÉGER), Bouvacôte (X. THIRIAT), sur le granit.

Epipactis palustris Crantz. — Moselle : Rosselange, au vallon de Bousseval (ABBÉ BARBICHE). Meuse : Saint-Mihiel, à Marbotte (WARION).

Cephalanthera pallens Rich. — Moselle : Sierck, aux bois d'Apach, de Kirsch, de Rethel et de Montenach (ABBÉ FRIREN), sur le muschelkalk. Vosges : bois de Dognéville et de Nomexy (BERHER), sur le muschelkalk.

Cephalanthera ensifolia Rich. — Meurthe : Foug, au bois Grandmont (ZEILLER), sur le calcaire oolithique. Meuse : Commercy, au bois Rébus (BRIARD), sur le calcaire corallien. Vosges : Neufchâteau (REUSS), sur le calcaire oolithique.

Cephalanthera rubra Rich. — Meurthe : Foug, aux fonds d'Hadrevaux, sur le calcaire oolithique. Moselle : Sierck, au bois de Montenach (ABBÉ FRIREN), sur le muschelkalk ; côte Saint-Michel et forêt de Moyeuvre (ABBÉ BARBICHE), sur le calcaire oolithique. Meuse : coteaux de Bar-le-Duc (HUMBERT), sur le calcaire portlandien. Vosges : Neufchâteau (REUSS), sur le calcaire corallien ; Bambois de Bâmont (PERRIN), sur le granit.

Limodorum abortivum Sw. — Meurthe : bois de Vandœuvre (Dr HUMBERT), bois entre Pompey et Liverdun (ZEILLER), sur le calcaire oolithique.

Epipogium Gmelini Rich. — Hautes Vosges : Gérardmer, à la forêt de Noiregoutte (FLICHE), vallon de la Schlucht (BLIND), Hohneck, dans le vallon du Frankenthal (BILLOT), sur le granit.

Corallorhiza Halleri Rich. — Hautes Vosges : Rochesson (PERRIN), Gerbamont près de Vagney (MOUGEOT père), sur le granit.

Malaxis paludosa Sw. — Hautes Vosges : marais tourbeux du Chitelet au-dessus de Retournemer, et bords du lac de Lispach (N. MARTIN).

Cypripedium Calceolus L. — N'a jamais été trouvé à Lunéville, comme on l'a affirmé.

Amaryllidées.

Leucoium vernum L. — Vosges : Bains, au bois des Charmilles (ZEILLER), sur le grès bigarré ; Retournemer (N. MARTIN), ruisseau de Cleurie à

Bemont et au Saut-de-la-Cuve (X. Thiriat), sur le granit.

Narcissus Pseudo-Narcissus L. — Moselle : Longwy, au bois de Pulventoux (Monard), sur le calcaire oolithique. Meuse : Goussaincourt, près de Vaucouleurs (Michel), sur le calcaire corallien. Hautes Vosges : abondant à Gérardmer (Fliche), le Valtin, le Rotabac, le chalet du Lauchen (Kirschléger), cascade de Tendon (Zeiller), vallées du Beillard et de Cleurie (X. Thiriat), sur le granit.

Narcissus incomparabilis Mill. — Vosges : prairies de Vagney (Mougeot), sur le granit. — Cette plante méridionale étant cultivée dans les jardins, sa présence ne peut s'expliquer dans les vallées des Vosges que par le transport de ses bulbes dans les prés avec les fumiers. C'est un hybride complétement infécond.

Narcissus poëticus L. — Meurthe : prairies à Rosières-aux-Salines et à Villers-lès-Nancy (Em. Gallé).

CLASSE II. — ATÉLANTHÉES.

ORDRE I. — HYGROBIÉES.

Potamées.

Potamogeton polygonifolius Pourr. — Vosges : Épinal (Berher), tourbières des hauteurs de la Chapelle-aux-Bois (abbé Boulay), Gérardmer et Vagney (Berher).

Potamogeton rufescens Schrad. — Vosges : Nomexy (BERHER).

Potamogeton trichoïdes Cham. et Schlect. — Moselle : marais à Vittoncourt (WARION), étangs de Chesny et du moulin d'Aubigny (Dr HUMBERT).

Aroïdées.

Calla palustris L. — Moselle : Saint-Avold, à la Sainte-Fontaine (Dr HUMBERT), sur le grès vosgien.

Nota. Cette espèce, plantée dans le bassin du Jardin des plantes de Nancy, vit dans ses eaux calcaires, mais y fleurit très-rarement.

Orontiacées.

Acorus Calamus L. — Bords de la Meurthe, entre le pont d'Essey-lès-Nancy et Tomblaine (ZEILLER). Bords de la Moselle, à Sierck ; de la Nied, à Remilly et à Courcelles ; de la Sarre, à Kæskastel (WARION) ; de la Bisten (HOLANDRE). Bords de la Meuse, à Pagny (MAIRE, instituteur). Bords du Madon, à Mirecourt et à Poussey (REUSS).

Typhacées.

Typha latifolia L. — Meurthe : bords du canal de la Marne au Rhin de Nancy à Frouard. Moselle : Thionville, aux étangs de Beauregard et de Gassion (ABBÉ BARBICHE). Meuse : Bar-le-Duc (HUMBERT).

Typha augustifolia L. var. α genuina. — Moselle : Thionville, aux étangs de Beauregard et de Gassion

(ABBÉ BARBICHE). La *var. β elatior Godr.* commune aux bords du canal, de Jarville à Varangéville (BRIARD).

Sparganium simplex Huds. — Moselle : Metz, à Montigny (Dr HUMBERT), Thionville, dans les fossés des fortifications et à l'étang de Gassion, à Mercy-le-Haut (ABBÉ BARBICHE), à Vitry (WARION). Meuse : Bar-le-Duc, à Fains et à Longeville (HUMBERT), à Mussey (HUSSENOT). Vosges : vallée de Cleurie et de la Moselotte (X. THIRIAT).

Sparganium minimum Fries. — Moselle : assez commun près de Thionville, dans les marais des champs et des bois entre la Haute-Yutz, Küntzig et Stukange, au Bambély et à la forêt de Cattenom (ABBÉ BARBICHE). Vosges : Le Tholy, aux Combes (X. THIRIAT).

Cypéracées.

Cyperus flavescens L. — Vosges : prairies des bords de la Meurthe, dans le val de Saint-Dié (ABBÉ BOULAY), sur les alluvions siliceuses.

Cyperus fuscus L. — Vosges : Xertigny, à la Chapelle-aux-Bois (ABBÉ BOULAY), sur le grès bigarré.

Schœnus nigricans L. — Moselle : tourbière de Vittoncourt (WARION), sur les marnes irisées.

Cladium Mariscus R. Br. — Moselle : tourbières à Vittoncourt (WARION), sur les marnes irisées.

Eriophorum latifolium Hoppe. — Moselle : Metz,

à Woippy (HOLANDRE), abonde dans la vallée de Ranguevaux et au vallon de Bousseval (ABBÉ BARBICHE). Meuse : Verdun à Balaycourt (HUMBERT), dans les tourbières.

Eriophorum augustifolium Roth. — Moselle : Metz, à Plesnois (TAILLEFERT) ; Thionville, au bois de Küntzig, Rosselange et vallon de Bousseval (ABBÉ BARBICHE). Meuse : Bar-le-Duc, à Savonnières, au-dessus du Moulin (HUMBERT). Vosges : vallée de Cleurie (X. THIRIAT). Dans les tourbières.

Eriophorum vaginatum L. — Moselle : Metz, dans les tourbières du bois de Borny ; Thionville, dans les mares du bois de Küntzig (ABBÉ BARBICHE) et de Distroff (SPEDEL), sur le diluvium siliceux. Vosges : lac de Blanchemer (KIRSCHLÉGER), Le Tholy et Liézey (X. THIRIAT), dans les tourbières.

Scirpus compressus Pers. — Meurthe : Nancy, à la prairie de Pixerécourt (BRIARD). Moselle : vallée de Ranguevaux et vallon de Bousseval (ABBÉ BARBICHE). Vosges : Mirecourt à Ahéville (REUSS).

Scirpus pauciflorus Lightf. — Meurthe : Lunéville, dans les étangs de Mondon et de Giriviller (SUARD) ; bord de l'étang de Réchicourt. Dans les tourbières.

Scirpus mucronatus L. — Vosges : Fontenoy-le, Château, à l'étang des Breuillots (CHAPELLIER - 1875).

Eleocharis multicaulis Koch. — Moselle : tourbières de Vittoncourt (WARION).

Rhynchospora alba Vahl. — Moselle : tourbières de Saint-Avold (Dr Humbert). Vosges : Saint-Dié (abbé Boulay), Cornimont (Perrin) et vallée de Cleurie (X. Thiriat).

Rhynchospora fusca Ræm. et Sch. — Vosges : tourbières de la Chapelle-aux-Bois, près de Xertigny (abbé Boulay).

Carex Davalliana Sm. — Meurthe : Nancy, prés tourbeux aux Fonds de Toul (Dr Humbert).

Carex pulicaris L. — Meurthe : Brémenil, près de Badonvillers (Zeiller), sur le grès bigarré. Vosges : Saint-Dié (Demange), sur le grès vosgien ; vallée de Cleurie (X. Thiriat), dans les tourbières.

Carex pauciflora Lightf. — Hautes Vosges : tourbières autour du lac de Blanchemer (Kirschléger), celles des ballons de Servance et de Giromagny (Parisot), celles de Sainte-Sabine et de Chèvreroche près de Remiremont (X. Thiriat).

Carex teretiuscula Good. — Vosges : Épinal, à l'étang de Bouzey (Berher).

Carex paradoxa Willd. — Fleurs disposées en épillets ovoïdes, nombreux, alternes, sessiles, androgyns mâles au sommet, disposés en panicule. Écailles des fleurs femelles égalant les akènes, ovales acuminées mucronées, brunes sur le dos, blanches scarieuses aux bords. Utricules fructifères étalées dressées, très-petites, dures, d'un brun foncé, luisantes, convexes sur les deux faces, mais surtout à l'inférieure qui est ventrue, largement ovoïdes, déprimées à la base, munies sur les deux faces de nervures très-visibles et rapprochées, non ailées, mais à bords aigus et denticulés, contractées en bec allongé, fin et superficiellement bidenté. Feuilles vertes, planes, rudes aux bords, étroitement linéaires acuminées. Tiges grêles, dressées, triquètres avec les faces convexes. Souche courte, munie de radicelles épaisses et fasciculées. Plante gazonnante. — Vosges : prairies tourbeuses près de Saint-Dié (ABBÉ BOULAY).

Carex elongata L. — Meurthe : Baccarat (ZEILLER). Moselle : Metz, à Borny et Fleury (MONARD), Servigny et Luppy (WARION), Thionville, à Haute-Yutz, Ham, Küntzig, Stukange, Cattenom, bois de Redebech entre Fontoy et Angevillers, Ottange, Creutzwald (ABBÉ BARBICHE), mares des bois de Chesny et d'Aube (Dr HUMBERT). Vosges : Rambervillers (ABBÉ BOULAY). Dans les tourbières.

Carex brizoïdes L. — Meurthe : bois humides à Baccarat (ZEILLER), sur le grès bigarré. Vosges : ruisseau du Bouchot à Vagney (PERRIN), Sapois (PIERRAT), sur le granit.

Carex leporina, var β argyroglochin Koch. — Moselle : bois de Florange (ABBÉ BARBICHE). Vosges : Saint-Dié (ABBÉ BOULAY). Sur le diluvium siliceux.

Carex canescens L. — Meurthe : Baccarat (ZEILLER). Vosges : val de Saint-Dié et Rambervillers (ABBÉ BOULAY), lac des Corbeaux (KIRSCHLÉGER),

Remiremont, à Sainte-Sabine et au bois de Rubiate (X. THIRIAT). Tourbières sur les terrains siliceux, rare sur les terrains calcaires.

Carex remota L. — Moselle : Thionville, à la Haute-Yutz, Illange, Richemont, Kédange et surtout bois de Florange, forêt de Moyeuvre (ABBÉ BARBICHE). Meuse : Bar-le-Duc, au bois Juré (HUMBERT). Vosges : Saint-Dié (ABBÉ BOULAY), Remiremont. Bois sur tous les terrains.

Carex cyperoïdes L. — Meurthe : étang de Moncel (IDOUX). Moselle : Metz, à l'étang desséché de Woippy (MONARD), prairies tourbeuses de Sarralbe, de Salzbronn et de Kæscastel (WARION). Vosges : Fontenoy-le-Château, à l'étang des Breuillots (CHAPELLIER).

Nota. Cette plante est vivace et se maintient, depuis plusieurs années, au Jardin de Nancy.

Carex maxima Scop. — Vosges : à Bambois de Bâmont (PERRIN), bois des terrains siliceux.

Carex strigosa Huds. — Meuse : dans la forêt d'Argonne, entre Clermont et Beaulieu (ABBÉ BOULAY), sur les grès verts. Vosges : Remiremont, Vagney, Le Thillot, Rupt et forêt de Fossart près de Saint-Maurice (PERRIN), sur le granit.

Carex limosa L. — Vosges : Épinal, à l'étang de Bouzey (BERHER), lac de Blanchemer (KIRSCHLÉGER), ballon de Giromagny (POURCHOT), dans les tourbières sur les terrains siliceux.

Carex alba Scop. — Un seul épi mâle linéaire, souvent dépassé par l'épi femelle immédiatement inférieur ; un à trois épis femelles petits et renfermant chacun de trois à cinq fleurs, tous finement et longuement pédonculés ; bractées engaînantes, scarieuses, aphylles, branchâtres. Écailles des fleurs femelles plus courtes que les fruits, blanches argentées, scarieuses, ovales, brièvement acuminées. Utricules fructifères d'un vert blanchâtre, ellipsoïdes trigones, obscurément nerviés, carénés sur le dos, rétrécis à la base, atténués en un bec conique, court, obliquement tronqué et scarieux au sommet. Feuilles d'un vert gai, molles, planes, étroitement linéaires, un peu rudes aux bords. Tiges dressées, fines, obscurément triquètres, lisses. Souche très-grêle, rampante, émettant des stolons. — Meurthe : Foug, au vallon d'Hadrevaux, sur le calcaire oolithique ; il abonde dans cette localité jusqu'ici unique (ZEILLER et ÉM. GALLÉ).

Carex præcox Jacq. — Il existe une monstruosité à fruits stériles de cette espèce, à utricules en forme de gourde allongée. C'est le *C. sicyocarpa Lebel.* Cette forme a été trouvée près de Metz, à Rozérieulles, et près de Thionville, à la côte Saint-Michel et à Herserange (WARION). Sur tous les terrains secs.

Carex polyrhiza Wallr. — Meurthe : Baccarat (ZEILLER). Moselle : Vigy (WARION). Vosges : Remiremont, à Sainte-Sabine (PIERRAT). Sur tous les terrains humides.

Carex tomentosa L. — Moselle : Metz, aux bois de Magny (ABBÉ BARBICHE), de Remilly et d'Ancy-sur-Moselle (WARION). Vosges : Mirecourt (REUSS), Rambervillers (ABBÉ BOULAY). Sur tous les terrains.

Carex pilulifera L. — Meurthe : Baccarat (ZEILLER). Moselle : Thionville, aux bois de la Haute-Yutz et de Florange, Sierck, au bois d'Apach (ABBÉ BARBICHE). Vosges : Saint-Dié (ABBÉ BOULAY), vallée de Cleurie (X. THIRIAT). Sur tous les terrains.

Carex ericetorum Pall. — Moselle : Bitche, à Eppenbronn et à Steilzelbronn (FR. SCHULTZ), sur le grès vosgien.

Carex montana L. — Moselle : Thionville, à la Basse-Yutz, sur le lias; toute la forêt de Moyeuvre (ABBÉ BARBICHE), sur le calcaire oolithique. Vosges : Mirecourt, sur les marnes irisées; Neufchâteau, sur le calcaire oolithique (REUSS).

Carex humilis Leyss. — Meuse : Commercy, au bois Rébus (BRIARD), sur le calcaire corallien.

Carex ornithopoda Willd. — Meurthe : Foug, au vallon d'Hadrevaux. Moselle : Marange (ABBÉ BARBICHE). Sur le calcaire oolithique.

Carex hordeistichos Vill. — Meurthe : entre Domptail et Brémontcourt (ABBÉ BOULAY), vallée de l'Euron, depuis Clayeures jusqu'à Saint-Boing et au pied du piton d'Essey-la-Côte, sur les marnes irisées.

Carex flava L. var. α genuina. — Meurthe : Blainville (Dr HUMBERT). Moselle : bois de Richemont, vallée de Ranguevaux et vallon de Bousseval, Sierck (ABBÉ BARBICHE). Lieux tourbeux reposant sur des terrains variés. — Var. *β lepidocarpa Tausch.* — Vosges : Saint-Dié (ABBÉ BOULAY).

Carex Œderi Ehrh. — Meurthe : Rosières-aux-Salines (Dr HUMBERT). Meuse : Saint-Mihiel, à Marbotte (WARION). Vosges : Saint-Dié (ABBÉ BOULAY), Remiremont, à Sainte-Saline et à Germainxard (X. THIRIAT). Tourbières sur tous les terrains.

Carex Hornschuchiana Hoppe. — Meurthe : Rosières-aux-Salines (BRIARD). Moselle : Metz, dans les fossés de la porte Sainte-Barbe (WARION). Tourbières sur tous les terrains.

Carex distans L. — Meurthe : Brouville, près de Baccarat (ZEILLER). Moselle : Thionville, dans les fossés des fortifications, vallée de Ranguevaux et vallon de Bousseval (ABBÉ BARBICHE), Remilly (WARION). Lieux tourbeux sur presque tous les terrains.

Carex Pseudo-Cyperus L. — Meurthe : est devenu commun le long du canal de la Marne au Rhin, de Jarville à Varangéville (BRIARD) et entre Frouard et Liverdun (HUMBERT) ; je l'ai trouvé aussi sur le même canal à Nancy, derrière la Pépinière. Ses graines ont été nécessairement apportées par les eaux qui alimentent cette voie de communication ; il se trouve aussi au bois d'Hériménil. Moselle : Vaudreville (MONARD), Herbitzheim, près de Sarralbe (WARION). Lieux humides sur tous les terrains.

Carex filiformis L. — Vosges : tourbières qui entourent les lacs de Blanchemer, des Corbeaux (KIRSCHLÉGER), de Lispach, sur le granit.

Graminées.

Leersia oryzoides Sol. — Meurthe : Malzéville (BRIARD), aux bords de la Meurthe. Moselle : Metz, à Montigny, île Saint-Symphorien, Jouy (WARION), aux bords de la Moselle. Vosges : vallée de Saint-Dié, aux bords de la Meurthe (ABBÉ BOULAY), Mirecourt et Poussey, aux bords du Madon (REUSS).

Baldingera colorata Fl. der Wett. — J'ai rencontré la variété à feuilles fasciées de blanc sur les bords de la Meurthe, entre Champigneulles et Frouard.

Alopecurus fulvus Sm. — Moselle : Metz à Frescaty, bois de Woippy (MONARD), Thionville et Remilly (WARION). Marais sur tous les terrains.

Alopecurus utriculatus Pers. — Moselle : Metz, entre Moulins et Longeau (MONARD), île Saint-Symphorien (TAILLEFERT), Thionville, dans les fossés des fortifications, sur l'alluvion siliceuse ; prairies de Sylvange, de Vitry, de Clouange, de

Villers-lès-Rombas, de Pierrevillers, sur le diluvium calcaire (ABBÉ BARBICHE). Meuse : Bar-le-Duc (HUMBERT), Vaucouleurs, Maxey et Pagny-sur-Meuse, sur le diluvium calcaire.

Setaria glauca P. Beauv. — Meurthe : Malzéville (BRIARD), îles de la Moselle à Messein et à Pont-Saint-Vincent, sur les alluvions siliceuses de ces rivières. Moselle : au-dessous de Guénetrange et à Cattenon (ABBÉ BARBICHE), sur les mêmes terrains.

Panicum sanguinale L. — Moselle : Metz, au Sablon (Dr HUMBERT). Vosges : vallée de Cleurie, à Julienrupt (X. THIRIAT). Sur le sol siliceux.

Panicum glabrum Gaud. — Meurthe : Dieulouard (MAIRE, instituteur), Rosières-aux-Salines, sur le diluvium siliceux ; îles de la Moselle, à Messein, sur l'alluvion siliceuse. Moselle : Thionville, Uckange, sur l'alluvion siliceuse ; Hettange-la-Grande, sur le grès infraliasique (ABBÉ BARBICHE). Vosges : vallée de la Moselotte (ABBÉ BOULAY), sur le granit.

Cynodon Dactylon Pers. — Metz : île Saint-Symphorien (WARION), sur les alluvions siliceuses de la Moselle.

Phragmites communis Trin. — Meurthe : dans une rigole desséchée au-dessous du piton d'Essey-la-Côte, sur les marnes irisées ; échantillons rabougris portant des semences, ce qui n'a pas lieu dans les marais de la plaine.

Calamagrostis lanceolata Roth. — Moselle : Metz, sur les sables de la Moselle, et Remilly, sur les marnes irisées (WARION).

Calamagrostis montana Host. (*Cal. varia Schrad.*) — Hautes Vosges : Remiremont, au bois de Rubiate (X. THIRIAT), ballon de Giromagny et Tanache (PARISOT), sur le granit.

Calamagrostis sylvatica DC. — Vosges : Saint-Amé, près du Saut de la Cuve (X. THIRIAT), sur le granit.

Aira præcox L. — Moselle : Creutzwald (Dr HUMBERT). Vosges : Saint-Dié (ABBÉ BOULAY). Sur le grès vosgien.

Avena pratensis L. — Moselle : Gorze (Dr HUMBERT), sur le calcaire oolithique. Meuse : Bar-le-Duc (HUMBERT), sur le calcaire portlandien.

Glyceria loliacea Godr. — Moselle : Metz, bords de la Moselle, au-dessus de Montigny, et à Thionville (WARION). Vosges : vallée de Saint-Dié (ABBÉ BOULAY). Sur l'alluvion siliceuse.

Glyceria distans Wahlenb. — Moselle : Sierck à Basse-Contz (WARION), sur les marnes irisées salifères.

Poa alpina L. — Panicule dressée, très-étalée pendant l'anthèse, puis contractée, rameuse ; rameaux géminés aux nœuds inférieurs, flexueux, fins, lisses ou un peu rudes. Épillets rapprochés au sommet des rameaux, ovales, ordinairement panachés de vert et de violet, renfermant de 4-6 fleurs libres. Glumes presque égales, lancéolées, brièvement acuminées, rudes sur la carène, l'une et l'autre trinerviées. Glumelle inférieure lancéolée aigüe, fortement carénée, obscurément quinquénerviée, munie dans sa moitié inférieure sur la carène et sur les bords de poils soyeux. Feuilles linéaires, brusquement mucronées, planes, un peu fermes, glabres, rudes aux bords ; les caulinaires à gaîne allongée, à limbe court ; ligules supérieures oblongues, aigües, chaumes dressés ou ascendants, raides, longuement nus au sommet. Souche fibreuse, gazonnante. — Hautes Vosges : sommet du ballon de Soultz (KIRSCHLÉGER), sur les terrains de transition.

Poa fertilis Host. Moselle : Metz, à l'île Saint-Symphorien (WARION), sur l'alluvion siliceuse. Vosges : Saint-Amé, au Saut-de-la-Cuve (X. THIRIAT), sur l'alluvion vosgienne.

Melica nebrodensis Parl. — Moselle : Sierck, au Stromberg (WARION), sur le muschelkalk.

Nota : Le *Melica* que j'ai indiqué à Haslach et à la cascade du Nydeck est le *M. ciliata L.* et non le *M. nebrodensis.*

Danthonia decumbens DC. — Moselle : Saint-Avold (MONARD et TAILLEFERT). Vosges : Saint-Dié (ABBÉ BOULAY). Sur le grès vosgien.

Vulpia Pseudo-myuros (Festuca) Soy.-Willm.

— Moselle : Hettange-la-Grande (ABBÉ BARBICHE), sur le grès infraliasique. Vosges : Saint-Dié (ABBÉ BOULAY), sur le grès vosgien.

Vulpia sciuroides Gmel. — Vosges : Saint-Dié (ABBÉ BOULAY), sur le grès vosgien.

Bromus tectorum L. — Moselle : Sierck, sur les murs du fort (ABBÉ FRIREN).

Bromus inermis Leyss. — Moselle : bords de cette rivière à Thionville, Sierck et Basse-Contz (WARION), sur l'alluvion siliceuse.

Elymus Europæus L. — Meurthe : bois de Natron près de Rosières-en-Haye (MAIRE, instituteur), Foug, au vallon d'Hadrevaux. Moselle : Metz, à la vallée de Mance, bois des coteaux de Clouange, de Beuvange et de Vitry, entre Fontoy et Angevillers (ABBÉ BARBICHE). Meuse : Bar-le-Duc, au bois Juré et à Grimontbois (HUMBERT), bois de Commercy (BRIARD). Sur les calcaires oolithique, portlandien et corallien. Hautes Vosges : route de Longemer à la Schlucht, sur le granit.

Lolium italicum Alex. Braun. — Moselle : entre Sierck et Rethel (ABBÉ BARBICHE).

Nardurus Lachenalii Godr. — Vosges : Remiremont, au Saint-Mont (X. THIRIAT), sur le granit.

Nardus stricta L. — Moselle : Creutzwald (ABBÉ BARBICHE), sur le grès vosgien.

PLANTES CRYPTOGAMES.

ACROGÈNES.

CLASSE I. — FILICINÉES.

Fougères.

Ophioglossum vulgatum L. — Meurthe : Phalsbourg (Lecomte), sur le grès vosgien.

Botrychium Lunaria Sw. Vosges : Mirecourt, au bois de Ravenelle (Reuss).

Botrychium matricarioides Willd. — Hautes-Vosges : Hohneck (Mougeot père), sur le granit.

Osmunda regalis L. — Vosges : Saint-Dié (abbé Boulay), sur le grès vosgien, Bains (Zeiller), sur le grès bigarré ; Bois-la-Dame, au Saint-Mont, près de Remiremont (X. Thiriat), sur le granit.

Ceterach officinarum Bauh. — Meurthe : Nancy, chemin de la Foucotte (Zeiller), vignes entre un Pompey et Liverdun, au-dessus de Bouxières-aux-Chênes, sur le calcaire oolithique. Moselle : Metz, sur les rochers de la côte de Lessy (Warion), côte de Rudemont, près de Novéant (Léon Simon), sur le calcaire oolithique. Vosges : rochers de Tilleux, près de Neufchâteau (Chapellier), sur le calcaire corallien ; Bains et Darney (Zeiller), sur le grès bigarré.

Polypodium Robertianum Hoffm. — Meurthe : carrières de Pont-Saint-Vincent (Dr HUMBERT). Moselle : Metz, aux carrières de Plappeville, dans celles de Rombas et de Malancourt (WARION), sur le calcaire oolithique. Meuse : Chatillon, près de Verdun (HUMBERT), Commercy (BRIARD), sur le calcaire corallien.

Aspidium Lonchitis Sw. — Hautes Vosges : Hohneck, au Frankenthal (N. MARTIN), rochers près du lac Vert et du lac de Soultzern (MOUGEOT), chemin qui du col de Bréhaut conduit à Cornimont (FLICHE), sur le granit.

Aspidium aculeatum Sw. — Vosges : Dinozé, près d'Épinal (ZEILLER), sur le grès bigarré, Remiremont (GAUVAIN), sur le granit.

Polystichum Thelypteris Roth. — Moselle : Metz, à l'étang de Frescaty (Dr HUMBERT) et marais à Uckange (ABBÉ BARBICHE).

Polystichum spinulosum DC. — Moselle : bois de Richemont (ABBÉ BARBICHE).

Asplenium Adianthum-nigrum L. — Vosges : Viomenil et Ranfaing (ZEILLER), sur le grès bigarré.

Asplenium germanicum Weiss. — Vosges : Cornimont (FLICHE), vallées de la Vologne et de la Moselotte (KIRSCHLÉGER), sur le granit.

Asplenium septentrionale Sw. — Vosges : Bains et Darney (ZEILLER), sur le grès bigarré ; vallée de Cleurie, à la Forge (X. THIRIAT), sur le granit.

Asplenium viride Huds. — Meurthe : bois au-dessus de Frouard (Dr HUMBERT). Vosges : Saint-Dié, au pied de l'Ormont (RENÉ FERRY).

Scolopendrium officinarum Sw. — Meurthe : Rosières-en-Haye (MAIRE, instituteur). Moselle : Metz, dans un puits à Plappeville (Dr HUMBERT), rochers à Lessy (WARION), côte de Rudemont, près de Novéant (L. SIMON), Vitry, dans le puits du presbytère, et grotte humide à Justemont (ABBÉ BARBICHE), sur le calcaire oolithique. Meuse : près de Bar-le-Duc (HUMBERT), sur le calcaire portlandien. Vosges : Remiremont, à la forêt de Fossard (ZEILLER), sur le grès vosgien ; Rochesson (PERRIN), Saint-Étienne, au bois de Rubiate (X. THIRIAT), sur le granit.

Blechnum boreale Sw. — Moselle : Creutzwald (ABBÉ BARBICHE), sur le grès vosgien. Vosges : Saint-Dié (ABBÉ BOULAY), sur le grès vosgien ; vallée de Cleurie (X. THIRIAT), sur le granit.

Struthiopteris crispa Wallr. — Vosges : Remiremont, sur le Paumont, à 450 mètres d'altitude (TREUVEY), sur le granit.

Rhizocarpées.

Pilularia globulifera L. — Meuse : marais d'Amel (HUMBERT). Vosges : environs d'Épinal (ANT. MOUGEOT).

Isoetes echinospora Dur. — Se distingue de l'*I. lacustris* par ses sporocarpes hérissés de pointes fines, très-serrées et extrêmement fragiles ; par ses feuilles qui s'étalent hors de l'eau et ne restent pas raides et dressées ; par sa souche non canaliculée. — Hautes Vosges : lac de Longemer (N. MARTIN).

Lycopodiacées.

Lycopodium annotinum L. — Meurthe : Baccarat, au bois de Pierre-Percée (ZEILLER), sur le grès vosgien.

Lycopodium inundatum L. — Vosges : près d'Épinal (CHAPELLIER) et de Saint-Dié (ABBÉ BOULAY), sur le grès vosgien ; Saint-Amé (X. THIRIAT), sur le granit.

Lycopodium alpinum L. — Hautes Vosges : ballon de Soultz (KIRSCHLÉGER), sur les terrains de transition ; hauteurs de Vagney et à Chèvre-Roche (PERRIN), sur le granit.

Lycopodium Chamæcyparissus Alex. Braun. — Vosges : Dinozé et Raon-l'Étape (ZEILLER), sur le grès vosgien : Uzemain, près de Xertigny (HOGARD), sur le grès bigarré.

Lycopodium clavatum L. — Vosges : Saint-Dié (ABBÉ BOULAY), sur le grès vosgien ; Vagney (X. THIRIAT), sur le granit.

Équisétacées.

Equisetum Telmateja Erhr. — Meurthe : étang de Vandeléville (MAIRE, instituteur). Moselle : vallées de Ranguevaux et de Clouange (ABBÉ BARBICHE). Meuse : Bar-le-Duc, à Mussey. Vosges : Mirecourt (REUSS).

Equisetum sylvaticum L. — Vosges : Gérardmer, à la forêt de Noiregoutte, du Chitelet et de la Bresse (FLICHE), sur le granit ; Darney, à la vallée de la Hutte (ZEILLER), sur le grès bigarré.

Equisetum hyemale L. — Meurthe : Bois de Besange (MATHIEU), sur le grès du lias. Vosges : Sauville, près de Bulgnéville (BRIARD), sur le grès du lias.

APPENDICE.

J'ai reçu tardivement de M. Ph. Pierrot, de Montmédy, un catalogue manuscrit des plantes observées par lui aux environs de cette ville. Ce travail très-bien fait et qui témoigne d'une connaissance sérieuse de la végétation de la partie la plus septentrionale du département de la Meuse, sur laquelle nous possédions de très-rares renseignements, vient combler une lacune importante. Avec l'autorisation bienveillante de l'auteur, auquel j'en témoigne toute ma reconnaissance, j'ai dû, sous forme d'appendice, en indiquer les espèces les plus intéressantes par leur rareté et par leur intérêt au point de vue de la géographie botanique [1].

[1] Quelques-unes de ces espèces ont été recueillies aux environs du village de Breux, assez voisin de la frontière du Luxembourg, et envoyées à M. Ph. Pierrot par un autre habile observateur, M. Thirion,

Thalictrum minus L. — Collines au-dessus de Montmédy, sur le calcaire oolithique.

Nigella arvensis L. — Dun à Ancréville, sur le calcaire à astartes.

Nymphæa alba L. — Dans le Loison, à Quincy, Juvigny, et dans l'Othain, à Marville et à Saint-Laurent.

Cardamine impatiens L. — Bois de Montmédy, sur le calcaire oolithique.

Erysimum cheiriflorum Wallr. — Stenay, Olizy, Pouilly, sur le calcaire oolithique.

Thlaspi montanum L. — Mont-devant-Sassey, sur le calcaire corallien.

Teesdalia nudicaulis R. Br. — Breux, sur les sables infraliasiques.

Pyrola rotundifolia L. — Bois de Montmédy, sur le calcaire oolithique.

Pyrola minor L. — Breux, sur les sables infraliasiques.

Viscaria purpurea Wimm. — Bois de Fagny, près de Breux, sur les sables infraliasiques.

Sagina nodosa Fenzl. — Marécage de la Crânière, entre Montmédy et Bazeilles.

Cerastium quaternellum Fenzl. — Breux, sur les sables infraliasiques.

Cytisus Laburnum L. — Bois entre Montmédy et Marville, sur le calcaire oolithique.

Ononis Natrix L. — Coteaux entre Montmédy

et Juvigny, Iré-le-Sec, Stenay et Olizy, sur le calcaire oolithique.

Trifolium striatum L. — Prés secs entre Breux, Avioth et Thonne-le-Thil, sur les sables infraliasiques.

Trifolium ochroleucum L. — Mêmes localités que l'espèce précédente.

Astragalus Cicer. L. — Coteaux de Brandeville et de Halles, sur le calcaire corallien.

Vicia lathyroides L. — Breux, sur les sables infraliasiques.

Ornithopus perpusillus L. — Breux, sur les sables infraliasiques.

Prunus Padus L. — Bois de Fagny, près de Breux, sur les sables infraliasiques.

Rubus saxatilis L. — Bois montagneux à Montmédy, sur le calcaire oolithique.

Alchemilla vulgaris L. — Bois montagneux de Montmédy et de Thonne-les-Prés, sur le calcaire oolithique.

Circæa lutetiana L. — Bois de Breux et de Fagny, sur les sables infraliasiques.

Sceranthus perennis L. — Breux, sur les sables infraliasiques.

Orlaya grandiflora Hoffm. — Coteaux oolithiques.

Turgenia latifolia Hoffm. — Coteaux oolithiques.

Seseli Libanotis Koch. — Coteaux de Brandeville, de Bréhéville, de Halles, sur le calcaire corallien.

Sium latifolium L. — Bords de la Meuse, à Mouzay.

Sambucus racemosa L. — Bois de Breux, sur les sables infraliasiques.

Asperula arvensis L. — Vigneulles-lès-Montmédy et Han-lès-Juvigny, sur le calcaire oolithique.

Valeriana dioica L. — Montmédy.

Filago arvensis L. — Breux, sur les sables infraliasiques.

Antennaria dioica Gærtn. — Breux, sur les sables infraliasiques.

Helichrysum arenarium DC. — Breux, sur les sables infraliasiques.

Cirsium eriophorum Scop. — Montmédy, sur le calcaire oolithique.

Scorzonera humilis L. — Breux, sur les sables infraliasiques.

Lactuca perennis L. — Coteaux autour de Montmédy, sur le calcaire oolithique, de Damvillers et de Halles, sur le calcaire corallien.

Vaccinium Myrtillus L. — Bois de Romagne-sous-Montfaucon, sur les grès verts.

Ilex Aquifolium L. — Thonne-le-Thil, près de Montmédy; plus fréquent à l'ouest de la Meuse, dans les bois des cantons de Stenay, Dun, Montfaucon, sur diverses formations calcaires ou siliceuses.

Gentiana cruciata L. — Coteaux entre Montmédy et Bazeilles, sur le calcaire oolithique.

Gentiana ciliata L. — Coteaux à Montmédy, sur le calcaire oolithique; à Brandeville et Haraumont, sur le calcaire corallien.

Gentiana germanica L. — Montmédy, Villecloye, sur le calcaire oolithique.

Menyanthes trifoliata L. — Prés marécageux entre Montmédy et Bazeilles; plus fréquent le long du Loison.

Physalis Alkekengi L. — Juvigny-sur-Loison et Saint-Laurent-sur-Ottain, sur le calcaire oolithique; Brieulles-sur-Meuse, sur le calcaire corallien.

Digitalis purpurea L. — Bois de Romagne, sur les grès verts.

Phelipæa cærulea C. A. Mey. — Entre Breux et Thonne-la-Long.

Melittis Melissophyllum L. — Au bois Frater, entre Iré-le-Sec et Marville, sur le calcaire oolithique; à Brandeville et Flabas, sur le calcaire corallien.

Galeopsis dubia Leers. — Breux, sur les sables infraliasiques.

Stachys germanica L. — Juvigny-sur-Loison, sur le calcaire oolithique.

Brunella alba Pall. — Villecloye, Iré-le-Sec, sur le calcaire oolithique.

Teucrium montanum L. — Coteaux secs entre Montmédy et Juvigny, Marville, Iré-le-Sec, Martincourt, sur le calcaire oolithique.

Globularia vulgaris L. — Montmédy, Juvigny, sur le calcaire oolithique.

Rumex scutatus L. — Commun dans les carrières de Montmédy, sur le calcaire oolithique.

Hippuris vulgaris L. — Dans les mares au bord de la Meuse, à Stenay, Dun et Mouzay.

Parietaria diffusa M. et K. — Fortifications de Montmédy, murs du vieux cimetière de Marville et de l'ancienne citadelle de Stenay.

Ornithogalum sulphureum R. et Schult. — Commune dans les bois de Montmédy, sur le calcaire oolithique.

Anthericum Liliago L. — Commune sur le coteau de Montmédy, sur le calcaire oolithique.

Maianthemum bifolium DC. — Bois de Thonne-les-Prés, sur le calcaire oolithique, et de Breux, sur les sables infraliasiques.

Orchis fusca Jacq. — Bois de Montmédy, sur le calcaire oolithique.

Orchis pyramidalis L. — Avec le précédent.

Aceras anthropophora R. Br. — Entre Brieulles-sur-Meuse et Cunel, sur le calcaire à astartes.

Herminium clandestinum Gr. et Godr. — Coteaux, à Iré-le-Sec, sur le calcaire oolithique.

Epipactis palustris Crantz. — Marécages à Han-lès-Juvigny et sources du ruisseau d'Iré-le-Sec.

Acorus Calamus L. — Bords du Loison, entre Han-lès-Juvigny et Quincy.

Sparganium simplex Huds. — Bords de la Chiers, près de Vigneulles-sous-Montmédy.

Panicum sanguinale L. — Breux et Arioth, sur les sables infraliasiques.

Avena pratensis L. — Breux.

Elymus europæus L. — Bois montagneux de Montmédy et de Thonne-le-Thil, sur le calcaire oolithique.

Ophioglossum vulgatum L. — Pâturages humides à Breux, sur les sables infraliasiques.

Botrychium Lunaria Sw. — Pelouses sèches à Breux.

Polypodium Robertianum Hoffm. — Bord du bois de Thonne-le-Thil, sur le calcaire oolithique.

Equisetum Telmateja Ehrh. — Entre Montmédy et Avioth, sur les marnes du lias, et plus fréquent dans la forêt de Saint-Dagobert, sur les terrains oxfordiens.

Nancy, imprimerie Berger-Levrault et Cie.

PRINCIPAUX OUVRAGES DE L'AUTEUR

De l'espèce et des races dans les êtres organisés et spécialement de l'unité de l'espèce humaine; 1859, 2 vol. in-8°.

Flore de France, avec la collaboration de M. Grenier; 1847-1856, 6 vol. in-8°, en trois tomes.

Flore de Lorraine; seconde édition, 1857; 2 vol. in-12.

Géographie botanique de la Lorraine; 1862, 1 vol in-12.

Zoologie de la Lorraine; 1863, 1 vol in-12.

www.ingramcontent.com/pod-product-compliance
Lightning Source LLC
Chambersburg PA
CBHW060809250626
47162CB00005B/1726
9782013015035